GRöLS Verlage

„Bücher sind wie Fallschirme. Sie nützen uns nichts, wenn wir sie nicht öffnen."

Gröls Verlag

Redaktionelle Hinweise und Impressum

Das vorliegende Werk wurde zugunsten der Authentizität sehr zurückhaltend bearbeitet. So wurden etwa ursprüngliche Rechtschreibfehler *nicht* systematisch behoben, denn kleine Unvollkommenheiten machen das Buch – wie im Übrigen den Menschen – erst authentisch. Mitunter wurden jedoch zum Beispiel Absätze behutsam neu getrennt, um den Lesefluss zu erleichtern.

Um die Texte zu rekonstruieren, werden antiquarische Bücher von Lesegeräten gescannt und dann durch eine Software lesbar gemacht. Der so entstandene Text wird von Menschen gegengelesen und korrigiert – hierbei treten auch Fehler auf. Wenn Sie ebenfalls antiquarische Texte einreichen möchten, finden Sie weitere Informationen auf www.groels.de

Viel Freude bei der Lektüre wünscht Ihnen das Team des Gröls-Verlags.

Adressen

Verleger: Sophia Gröls, Im Borngrund 26, 61440 Oberursel

Externer Dienstleister für Distribution & Herstellung: BoD, In de Tarpen 42, 22848 Norderstedt

Unsere „Edition | Werke der Weltliteratur" hat den Anspruch, eine der größten und vollständigsten Sammlungen klassischer Literatur in deutscher Sprache zu sein. Nach und nach versammeln wir hier nicht nur die „üblichen Verdächtigen" von Goethe bis Schiller, sondern auch Kleinode der vergangenen Jahrhunderte, die – zu Unrecht – drohen, in Vergessenheit zu geraten. Wir kultivieren und kuratieren damit einen der wertvollsten Bereiche der abendländischen Kultur. Kleine Auswahl:

Francis Bacon • Neues Organon • **Balzac** • Glanz und Elend der Kurtisanen • **Joachim H. Campe** • Robinson der Jüngere • **Dante Alighieri** • Die Göttliche Komödie • **Daniel Defoe** • Robinson Crusoe • **Charles Dickens** • Oliver Twist • **Denis Diderot** • Jacques der Fatalist • **Fjodor Dostojewski** • Schuld und Sühne • **Arthur Conan Doyle** • Der Hund von Baskerville • **Marie von Ebner-Eschenbach** • Das Gemeindekind • **Elisabeth von Österreich** • Das Poetische Tagebuch • **Friedrich Engels** • Die Lage der arbeitenden Klasse • **Ludwig Feuerbach** • Das Wesen des Christentums • **Johann G. Fichte** • Reden an die deutsche Nation • **Fitzgerald** • Zärtlich ist die Nacht • **Flaubert** • Madame Bovary • **Gorch Fock** • Seefahrt ist not! • **Theodor Fontane** • Effi Briest • **Robert Musil** • Über die Dummheit • **Edgar Wallace** • Der Frosch mit der Maske • **Jakob Wassermann** • Der Fall Maurizius • **Oscar Wilde** • Das Bildnis des Dorian Grey • **Émile Zola** • Germinal • **Stefan Zweig** • Schachnovelle • **Hugo von Hofmannsthal** • Der Tor und der Tod • **Anton Tschechow** • Ein Heiratsantrag • **Arthur Schnitzler** • Reigen • **Friedrich Schiller** • Kabale und Liebe • **Nicolo Machiavelli** • Der Fürst • **Gotthold E. Lessing** • Nathan der Weise • **Augustinus** • Die Bekenntnisse des heiligen Augustinus • **Marcus Aurelius** • Selbstbetrachtungen • **Charles Baudelaire** • Die Blumen des Bösen • **Harriett Stowe** • Onkel Toms Hütte • **Walter Benjamin** • Deutsche Menschen • **Hugo Bettauer** • Die Stadt ohne Juden • **Lewis Caroll** • *und viele mehr….*

William Shakespeare

Cymbeline

Übersetzt von Dorothea Tieck

Inhalt

Erster Akt 8

Erste Szene 8

Zweite Szene 11

Dritte Szene 17

Vierte Szene 19

Fünfte Szene 21

Sechste Szene 27

Siebente Szene 31

Zweiter Akt 40

Erste Szene 40

Zweite Szene 43

Dritte Szene 45

Vierte Szene 52

Fünfte Szene 60

Dritter Akt 61

Erste Szene 61

Zweite Szene 65

Dritte Szene ... 68
Vierte Szene ... 72
Fünfte Szene ... 79
Sechste Szene ... 87
Siebente Szene ... 92
Vierter Akt ... 93
Erste Szene ... 93
Zweite Szene ... 94
Dritte Szene ... 113
Vierte Szene ... 115
Fünfter Akt ... 117
Erste Szene ... 117
Zweite Szene ... 119
Dritte Szene ... 120
Vierte Szene ... 124
Fünfte Szene ... 131

Personen

Cymbeline, König von Britannien

Cloten, Sohn der Königin, von ihrem ersten Gemahl

Posthumus Leonatus, ein Edelmann, Imogens Gemahl

Bellarius, ein verbannter Lord, unter dem Namen Morgan

Guiderius und **Arviragus**, Cymbelines Söhne, unter dem Namen Polydor und Cadwal; für Morgans Söhne gehalten

Philario, Italiener, Posthumus' Freund

Jachimo, Italiener, Philarios Freund

Ein **Französischer Edelmann**, Philarios Freund

Cajus Lucius, römischer Feldherr

Ein römischer Hauptmann, zwei britische Hauptleute

Pisanio, Posthumus' Diener

Cornelius, ein Arzt

Zwei **Lords** an Cymbelines Hof

Zwei **Edelleute** an Cymbelines Hof

Zwei **Kerkermeister**

Die **Königin**, Cymbelines Gemahlin

Imogen, Cymbelines Tochter, von der vorigen Königin

Helena, eine Kammerfrau Imogens

Zwei **Kammerfrauen** Imogens

Jupiter und die Geister von des Posthumus Vater **Sicilius**, von seiner **Mutter** und seinen **zwei Brüdern**

Lords, Hofdamen, römische Senatoren, Tribunen, ein Wahrsager, ein Holländer, ein Spanier, Musiker, Anführer, Hauptleute, Soldaten, Boten, und anderes Gefolge

Szene: abwechselnd in Britannien und Rom

Erster Akt

Erste Szene

Britannien. Garten in Cymbelines Palast

Zwei Edelleute treten auf.

Erster Edelmann
Ja, hier schaut jeder finster: unser Blut
Folgt minder nicht dem Himmel, als der Höfling
Stets wie der König scheinen will.

Zweiter Edelmann
Der Grund?

Erster Edelmann
Die Erbin dieses Reiches, seine Tochter,
Bestimmt' er seiner Frauen einzgem Sohn,
Die er als Witwe kürzlich sich vermählt.
Die Tochter wählte nun den Gatten selbst,
Der arm, doch edel ist; sie sind vermählt,
Der Mann verbannt, verhaftet sie; und alles
Ist äußrer Schmerz; obwohl der König, mein ich,
Wahrhaft bekümmert ist.

Zweiter Edelmann
Der König nur?

Erster Edelmann
Auch er, der sie verlor; die Königin gleichfalls,
Die jenes Bündnis wünschte. Doch kein Höfling,
Wenn alle auch ihr Antlitz stimmen nach
Des Königs Blick, des Herz sich nicht erfreut
Ob dem, weshalb sie grollen.

Zweiter Edelmann
Und warum?

Erster Edelmann
Der die Prinzeß verlor, ist ein Geschöpf,
Zu schlecht, ihn schlecht zu nennen; der sie hat

– Das heißt, dem sie vermählt, der Ärmste, ach,
Deshalb verbannt –, ist solch vollendet Wesen,
Daß, wenn man auch den Erdkreis rings durchsuchte
Nach einem, so wie er, stets blieb ein Mangel
Dem, der sich ihm vergleicht; denn ich vermeine,
Mit so viel innerm Wert und äußrer Schönheit
Sei niemand sonst begabt.

Zweiter Edelmann
Ihr übertreibt.

Erster Edelmann
Ich meß ihn nur weit unter seiner Größe,
Drück ihn zusammen, statt ihn zu entfalten
In voller Macht.

Zweiter Edelmann
Wie ist sein Nam und Ursprung?

Erster Edelmann
Ich kenne seinen Stammbaum nicht. Sicilius,
So hieß sein Vater, kämpft' einst ruhmbekränzt
Gegen die Römer, mit Cassibelan;
Doch dem Tenantius dankt er seine Würden,
Dem er mit Glanz und seltnem Glück gedient;
So ward er Leonatus zubenannt.
Er hatte, außer jenem edlen Sohn,
Zwei andre noch, die in dem Krieg der Zeit,
Das Schwert in Händen, fielen, was des Greises
Zu heftge Vaterliebe so erschüttert,
Daß er sich tot gehärmt; sein edles Weib,
Schwanger mit dem, von dem wir sprechen, starb
Bei der Geburt. Da nimmt das Kind der König
In seinen Schutz und nennt ihn Posthumus Leonatus,
Läßt ihn erziehn, macht ihn zu seinem Pagen,
Zu jeder Wissenschaft ihm Zugang bahnend,
Für die sein Alter reif. Das sog er ein,
Wie wir die Luft, es augenblicks begreifend;
Sein Frühling ward schon Ernt; er lebt' am Hofe

– Ein seltner Fall – in Lieb und Lob der Erste,
Dem Jüngsten Musterbild, dem Reiteren
Ein Spiegel für des Schmucks Vollendung, und
Ein Kind, das Greise führt, den Ernsteren;
Der Frau, für die er jetzt verbannt – da zeigt
Ihr Wert, wie sie ihn schätzt' und seine Tugend;
In ihrer Wahl könnt Ihr am besten lesen,
Was für ein Mann er ist.

Zweiter Edelmann
Ich ehr ihn schon
In Eurer Schildrung. Doch, ich bitt Euch, sagt mir,
Ist sie des Königs einzges Kind?

Erster Edelmann
Sein einzges.
Zwei Söhne hatt er – dünkts Euch merkenswert,
So hört mir zu: der älteste drei Jahr,
Der zweit in Windeln, wurden sie gestohlen
Aus ihrer Ammenstub, und niemand ahnet
Bis diese Stunde, was aus ihnen ward.

Zweiter Edelmann
Wann fiel das vor?

Erster Edelmann
Vor etwa zwanzig Jahren.

Zweiter Edelmann
Daß Königskinder so entwendet wurden!
So schlecht bewacht, so schläfrig aufgesucht,
Daß keine Spur sich fand!

Erster Edelmann
Mags seltsam sein,
Und fast zum Lachen solche Lässigkeit,
So ist es dennoch wahr.

Zweiter Edelmann
Ich glaub es Euch.

Erster Edelmann
Wir müssen uns zurückziehn, denn hier kommt
Der edle Herr, die Königin und Prinzessin.

Sie gehn ab.

Zweite Szene

Daselbst

Es treten auf die Königin, Imogen und Posthumus.

Königin
Nein, Tochter, sei gewiß, nie findst du mich,
Nach der Stiefmütter allgemeinem Ruf,
Scheeläugig gegen dich. Zwar als Gefangne
Bewahr ich dich; doch gibt dein Wächter selbst
Den Kerkerschlüssel dir. Und, Posthumus,
Sobald ich kann den grimmen König sänftigen,
Sollt Ihr in mir den Anwalt sehn; doch jetzt
Entflammt ihn noch der Zorn; drum ist es besser,
Ihr neigt Euch seinem Spruch, und so geduldig,
Wie Euch die eigne Weisheit lehrt.

Posthumus
Ja, Hoheit,
Ich reise heut.

Königin
Wohl kennt ihr die Gefahr –
Nur durch den Garten geh ich, denn mich jammert
Die Qual gehemmter Lieb; obwohl der König
Befahl, ihr sollt nicht miteinander sprechen.
Sie geht ab.

Imogen
O heuchlerische Güte! Schmeichelnd kitzelt
Die Schlange, wo sie sticht! – Geliebter Mann,
Wohl fürcht ich etwas meines Vaters Zorn,

Doch nicht – mein heilig Bündnis ausgenommen –,
Was seine Wut mir tun kann. Du mußt fort;
Ich bleibe hier zurück, ein stündlich Ziel
Erzürnten Blicks. Nichts tröstet mich im Leben,
Als daß die Welt mein Kleinod noch bewahrt,
Damit ichs wiederseh.

Posthumus

O meine Königin,
Herrin, Geliebte, weint nicht mehr, daß mich
Verdacht nicht treffe weichrer Zärtlichkeit,
Als sie dem Manne ziemt! Ich bleib auf ewig
Der treuste Gatte, der je Treu gelobte.
In Rom nun wohn ich, bei Philario dort,
Der meines Vaters Freund war, doch mit mir
Durch Briefe nur verbunden. Dorthin schreib,
Und mit den Augen trink ich deine Worte,
Ist Galle gleich die Tinte.

Die Königin kommt zurück.

Königin

Eilt, ich bitte!
Denn wenn der König kommt, so fällt auf mich,
Wer weiß wieviel von seinem Zorn.
Beiseit.
Doch führ ich
Ihn dieses Wegs; so oft ich ihn auch kränke,
Mein Unrecht kauft er, Frieden zu bewahren;
Zahlt mein Versündigen schwer.
Geht ab.

Posthumus

Nähmen wir Abschied
So lange Zeit, als wir noch leben sollen,
Der Schmerz der Trennung wüchse stets. Leb wohl!

Imogen

Oh, nicht so rasch!

Rittst du nur aus, um frische Luft zu schöpfen,
Zu kurz wär solch ein Abschied. Sieh, Geliebter,
Der Demant ist von meiner Mutter: nimm ihn,
Bewahr ihn, bis ein andres Weib du freist,
Wenn Imogen gestorben.

Posthumus

Wie, ein andres?
Ihr Götter, laßt mir die nur, die ich habe,
Und wehrt mir die Umarmung einer andern
Mit Todesbanden! – Bleib, o bleibe hier,
Er steckt den Ring an.
Solang hier Leben wohnt!
Er steckt den Ring an.
Und, Süße, Holde,
Wie ich mein armes Selbst für dich vertauschte
Zu deinem schlimmsten Nachteil, so gewinn ich
Sogar bei diesem Tand; dies trag von mir,
's ist eine Liebesfessel, die ich um
Die holdeste Gefangne lege.
Er legt ihr ein Armband an.

Imogen

Götter!
Ach, wann sehn wir uns wieder!

Cymbeline und Lords treten auf.

Posthumus

Weh, der König!

Cymbeline

Elender du! Weg und mir aus den Augen!
Belästigst du den Hof nach diesem Wort
Mit deinem Unwert noch, so stirbst du; fort!
Gift bist du meinem Blut.

Posthumus

Der Götter Schutz Euch
Und Segen allen Guten, die hier bleiben!

Ich gehe.
Er geht ab.

Imogen
Keine Marter hat der Tod
So scharf wie diese.

Cymbeline
Pflichtvergeßnes Ding,
Du sollst die Jugend mir erneun und häufst
Mir nur der Jahre Last.

Imogen
Ich bitt Eur Hoheit,
Kränkt Euch nicht selbst mit Eurem Grimm; ich bin
Gefühllos Eurem Zorn. Ein tiefres Leid
Tilgt Furcht und Angst.

Cymbeline
Lieblos und ungehorsam!

Imogen
Ach, hoffnungslos, und das heißt: ohne Liebe.

Cymbeline
Den einzgen Sohn der Königin auszuschlagen!

Imogen
O wohl mir, daß ichs tat! Den Adler wählt ich
Und jagt den Raben fort.

Cymbeline
Den Bettler nahmst du, hättest meinen Thron
Zum Sitz der Niedrigkeit gemacht.

Imogen
O nein,
Ich gäb ihm neuen Glanz!

Cymbeline
Verworfne!

Imogen

Vater,
Nur Ihr seid schuld, lieb ich den Posthumus;
Ihr zogt ihn auf als meinen Spielgefährten.
Ein Mann, wert einer jeden Frau, bezahlt
Er mich fast um den ganzen Preis zu hoch.

Cymbeline

Was, bist du toll?

Imogen

Beinah, der Himmel steh mir bei! – O wär ich
Doch eines Schäfers Tochter, mein Leonatus
Des Nachbarhirten Sohn!

Die Königin tritt auf.

Cymbeline

Du töricht Mädchen!
Beisammen waren wieder sie; Ihr tatet
Nicht, wie Wir Euch befahlen. Fort mit ihr,
Und schließt sie ein!

Königin

Ich bitt Euch, ruhig! – Still,
Prinzessin Tochter, still! – Geliebter Herr,
Laßt uns allein und sucht Euch zu erheitern,
Wie Ihrs am besten könnt.

Cymbeline

Mag sie verschmachten
Täglich um einen Tropfen Bluts und alt
An dieser Torheit sterben!

Cymbeline und die Lords gehen ab. Pisanio tritt auf.

Königin

Pfui! – Gebt nach! –
Hier ist Eur Diener. – Nun, was bringst du Neues?

Pisanio

Der Prinz, Eur Sohn, zog gegen meinen Herrn.

Königin
Kein Leid ist doch geschehn?

Pisanio
Es konnte treffen,
Nur spielte mehr mein Herr, anstatt zu fechten,
Und war durch Zorn nicht angereizt; es trennten
Sie einige Herren in der Näh.

Königin
Das freut mich.

Imogen
Ja, meines Vaters Freund ist Euer Sohn,
Er nimmt sich seiner an. –
Auf den Verbannten ziehn! O tapfrer Held!
Ich wünschte sie in Afrika beisammen
Und mich mit Nadeln dort, um den zu stechen,
Der rückwärts geht. – Was ließest du den Herrn?

Pisanio
Weil ers befahl. Zum Hafen ihn zu bringen,
Erlaubt' er nicht; er gab mir dies Verzeichnis
Von Diensten, die ich Euch zu leisten hätte,
Gefiels Euch, mich zu brauchen.

Königin
Dieser war
Dein treuer Diener stets; mein Wort verpfänd ich,
Daß ers auch bleiben wird.

Pisanio
Ich dank Eur Hoheit.

Königin
Laß uns spazierengehn.

Imogen
Frag bei mir an
In einer halben Stunde; meinen Herrn
Mußt du an Bord noch sehn. Für jetzt verlaß mich.

Alle ab.

Dritte Szene

Daselbst. Freier Platz

Cloten tritt auf mit zwei Lords.

Erster Lord
Prinz, ich möchte Euch doch raten, das Hemd zu wechseln; die Heftigkeit der Bewegung macht, daß Ihr wie ein Opfer raucht; wo Luft ausströmt, zieht auch Luft ein, und keine äußere Luft ist so gesund, als die Ihr ausströmt.

Cloten
Wenn mein Hemd blutig wäre, wollte ichs wechseln. – Hab ich ihn verwundet?

Zweiter Lord *für sich.*
Nein, wahrhaftig; nicht einmal seine Geduld.

Erster Lord
Ihn verwundet? Sein Körper ist ein durchdringliches Beingerippe, wenn er nicht verwundet ist – er ist eine Durchfahrt für Stahl, wenn er nicht verwundet ist.

Zweiter Lord *für sich.*
Sein Degen hatte Schulden und versteckte sich hinterwärts.

Cloten
Der Schurke wollte mir nicht stehn.

Zweiter Lord *für sich.*
Nein, er floh immer vorwärts, auf dein Gesicht zu.

Erster Lord
Euch stehn! Ihr habt selbst schon Land genug, aber er vergrößerte Euern Besitz: er gab Euch noch etwas Boden zu.

Zweiter Lord *für sich.*
Ja, so viel Zoll, als du Weltmeere hast. Ihr Laffen!

Cloten
Ich wollte, sie wären nicht zwischen uns gekommen.

Zweiter Lord *für sich.*
Das wollte ich auch; bis du gemessen hättest, wie lang ein Narr ist, wenn er auf der Erde liegt.

Cloten
Und daß sie diesen Kerl lieben muß, und mich abweisen!

Zweiter Lord *für sich.*
Wenn es Sünde ist, eine richtige Wahl zu treffen, so ist sie verdammt.

Erster Lord
Prinz, ich sagte es Euch immer, ihre Schönheit und ihr Verstand halten nicht gleichen Schritt; sie ist ein treffliches Gemälde, aber ich habe wenig Reflexe ihres Geistes gesehen.

Zweiter Lord *für sich.*
Sie scheint nicht auf Narren; der Reflex möchte ihr schaden.

Cloten
Kommt auf mein Zimmer; ich wollte, es wäre irgendein Unglück geschehen.

Zweiter Lord *für sich.*
Das wollte ich nicht; es wäre denn der Fall eines Esels, was kein großes Unglück ist.

Cloten
Wollt Ihr mit uns gehn?

Erster Lord
Ich folge Euch, gnädiger Herr.

Cloten
Nein, kommt, gehn wir zusammen.

Zweiter Lord
Wohl, mein Prinz.

Alle ab.

Vierte Szene

Zimmer im Palast

Imogen und Pisanio treten auf.

Imogen
Ich wollt, am Hafen ständst du eingewurzelt
Und fragtest jedes Schiff. Wenn er mir schriebe
Und ich bekäms nicht, solch ein Brief verloren
Wär wie Verlust des Heils. Was war das Letzte,
Was er sprach?

Pisanio
Es war: O meine Königin!

Imogen
Dann winkt' er mit dem Tuch?

Pisanio
Und küßt' es, Fürstin.

Imogen
Fühllose Leinwand, glücklicher als ich!
Und das war alles?

Pisanio
Nein, Prinzessin, denn
Solang ers machen konnte, daß ihn Auge
Und Ohr von andern unterschied, blieb er
Auf dem Verdeck, mit Handschuh, Tuch und Hut
Stets winkend, wie der Sturm und Drang der Seele
Ausdrücken konnt am besten, wie so langsam
Sein Herz von hinnen zieh, wie schnell sein Schiff.

Imogen
Er mußte klein wie eine Kräh dir werden
Und kleiner, eh du aufgabst, nachzuschaun.

Pisanio
Das tat ich, gnädge Frau.

Imogen
Zerrissen hätt ich mir die Augennerven,
Nur um nach ihm zu sehn, bis die Verkleinrung
Des Raums ihn zugespitzt wie meine Nadel.
Ihm schaut ich nach, bis er verschmolzen wäre
Von Kleinheit einer Mück in Luft; und dann
Hätt ich mich abgewendet und geweint. –
Pisanio, sprich, wann hören wir von ihm?

Pisanio
Gewiß mit nächster Schiffsgelegenheit.

Imogen
Wir nahmen Abschied nicht, und noch viel Liebes
Wollt ich ihm sagen, zu erzählen wünscht ich,
Wie ich sein dächt in der und jener Stunde,
Gedenken dies und das; und schwören sollt er,
Italiens Liebchen möchten nicht verlocken
Mein Recht und seine Ehr. Ich wollt ihn nötigen,
Um sechs Uhr morgens, Mitternacht und Mittag
Mir betend zu begegnen, weil ich dann
Für ihn im Himmel bin. Ich wollt ihm geben
Den Abschiedskuß, den in zwei Zauberworte
Ich eingefaßt – da kommt mein Vater her,
Und wie der grimme Hauch des Nordens schüttelt
Er unsre Knospen ab, eh sie erblüht.

Eine Hofdame tritt auf.

Hofdame
Die Königin wünscht Eur Hoheit Gegenwart.

Imogen
Was ich dir aufgetragen, das besorge! –
Der Königin wart ich auf.

Pisanio
Wie Ihr befehlt.

Alle ab.

Fünfte Szene

Rom, in Philarios Hause

Es treten auf Philario, Jachimo, ein Franose, ein Holländer und ein Spanier.

Jachimo
Glaubt mir, Herr, ich kannte ihn in Britannien: sein Ansehn war damals im Wachsen, und man erwartete die Vortrefflichkeit von ihm, die ihm später auch ausdrücklich zugestanden wurde; aber ich hätte ihn damals ohne die Nachhülfe der Bewunderung ansehn können, wenn auch das Verzeichnis aller seiner Gaben neben ihm aufgestellt gewesen wäre und ich ihn so artikelweise durchgelesen hätte.

Philario
Ihr sprecht von einer Zeit, da er noch weniger ausgestattet war, als er jetzt ist, mit allen den Gaben, die ihn geistig und leiblich so auszeichnen.

Franzose
Ich sah ihn in Frankreich, und dort hatten wir viele, die mit ebenso festem Auge als er in die Sonne blicken konnten.

Jachimo
Der Umstand, daß er seines Königs Tochter geheiratet hat, wobei er mehr nach ihrem als nach seinem eigenen Werte gewogen werden muß, ist gewiß ein Hauptgrund, daß man ihn weit über die Wahrheit hinaus preist.

Franzose
Und dann seine Verbannung. –

Jachimo
Ja, und die Billigung derer, die diese klägliche Scheidung beweinen und der Fürstin zugetan sind; alle diese erheben ihn wunderbar über sein Maß; geschähe es auch nur, um der Prinzessin Urteil zu befestigen, welches sonst ein schwaches Geschütz niederschmettern würde, wenn sie einen Bettler genommen hätte, den nicht die höchsten Gaben schmückten. Aber wie kommt es, daß er bei Euch wohnen wird? Woher schreibt sich diese Bekanntschaft?

Philario
Sein Vater und ich waren Kriegskameraden, und ich hatte diesem oft nichts Geringeres als mein Leben zu danken.

Posthumus tritt auf.

Hier kommt der Brite; laßt seine Aufnahme unter Euch so sein, wie sie Männern von Eurem Verstand gegen einen Fremden von seinen Verdiensten ziemt. – Ich bitte Euch alle, macht Euch näher mit diesem Herrn bekannt, den ich Euch als meinen edlen Freund empfehle; seine Vortrefflichkeit möge sich in Zukunft lieber selbst kundgeben, als von mir vor seinem Ohr gepriesen werden.

Franzose
Herr, wir kannten uns in Orleans.

Posthumus
Seitdem war ich Euer Schuldner für Artigkeiten, an denen ich stets abzuzahlen haben werde und doch in Eurer Schuld bleibe.

Franzose
Herr, Ihr überschätzt meine geringen Freundschaftsdienste. Es war mir lieb, daß ich Euch und meinen Landsmann versöhnen konnte; es wäre schade gewesen, wäret ihr mit so tödlichen Vorsätzen zusammengekommen, wie ihr sie damals beide hattet, und wegen einer Sache von so leichter, unbedeutender Art.

Posthumus
Verzeiht mir, ich war damals ein junger Reisender, etwas störrisch, dem, was ich hörte, beizustimmen, und wenig geneigt, mich in jeglicher Handlung durch die Erfahrung anderer leiten zu lassen; aber auch nach meinem reiferen Urteil – wenn ich nicht prahle, es reifer zu nennen – war mein Zwist von damals doch nicht so ganz unbedeutend.

Franzose
Wahrhaftig doch zu unbedeutend, um der Entscheidung der Waffen unterworfen zu werden; und von zwei solchen Männern, wo, höchstwahrscheinlich, einer vom andern vernichtet oder beide gefallen wären.

Jachimo
Darf man, ohne Unbescheidenheit, fragen, was der Streit war?

Franzose
Warum nicht? Es wurde öffentlich verhandelt und mag drum ohne Anstoß wieder erzählt werden. Es betrat einen Punkt, dem ähnlich, über den wir

gestern abend stritten, wo jeder von uns sich im Lob der Damen seines Landes ergoß. Dieser Herr beteuerte damals, und zwar auf die Gewähr, es mit seinem Blute zu beweisen, die seinige sei schöner, tugendhafter, weiser, keuscher, standhafter und unvertührbarer als irgendeine unsrer auserlesensten Damen in Frankreich.

Jachimo
Diese Dame lebt nicht mehr, oder der Glaube dieses Herrn ist, was den Punkt betrifft, schwächer geworden.

Posthumus
Sie behauptet noch ihre Tugend, und ich meine Meinung.

Jachimo
Ihr dürft sie nicht so sehr über unsere Italienerinnen erheben.

Posthumus
Wenn ich so gereizt würde, wie damals in Frankreich, so würde ich sie ebensowenig beeinträchtigen lassen, obwohl ich mich ihren Anbeter nenne, nicht ihren Geliebten.

Jachimo
Ebenso schön als gut – fast eine zu verschwisterte Vergleichung –, wäre etwas zu schön und zu gut für irgendeine Dame in Britannien gewesen. Wenn sie andre, die ich gekannt habe, so sehr übertrifft, wie dieser Euer Diamant manchen, den ich sah, überstrahlt, so muß ich wohl glauben, daß sie unter vielen die vorzüglichste ist. Doch unter allen Kleinodien, die es gibt, sah ich wohl nicht das köstlichste noch Ihr die edelste unter den Weibern.

Posthumus
Ich pries sie, wie ich sie schätze; und so auch meinen Stein.

Jachimo
Wie hoch haltet Ihr ihn?

Posthumus
Höher als alles, dessen die Welt sich rühmt.

Jachimo
Entweder ist Eure unvergleichliche Geliebte tot, oder sie wird von einer Kleinigkeit überboten.

Posthumus
Ihr seid im Irrtum; das eine mag verkauft oder verschenkt werden, wenn Reichtum genug für die Zahlung oder Verdienst genug für die Gabe da wäre; das andere ist nicht feil und nur einzig Gabe der Götter.

Jachimo
Welche die Götter Euch verliehen haben?

Posthumus
Welche, durch ihre Gnade, mein bleiben wird.

Jachimo
Ihr mögt sie rechtlich als die Eurige haben; aber Ihr wißt, fremde Vögel lassen sich auf den Teich des Nachbars nieder. Euer Ring kann Euch ebenfalls gestohlen werden; so ist von Euren beiden unschätzbaren Gütern das eine nur schwach und das andere zufällig. Ein listiger Dieb oder ein in dem Punkt vollendeter Hofmann würden es unternehmen. Euch das eine oder das andere abzugewinnen.

Posthumus
Euer Italien besitzt keinen so vollendeten Höfling, daß er die Ehre meiner Geliebten in Gefahr bringen könnte, wenn Ihr sie im Bewahren oder Verlust derselben schwach nennen wollt. Ich zweifle nicht im mindesten, daß Ihr einen Überfluß von Dieben habt, demungeachtet fürchte ich nichts für meinen Ring.

Philario
Laßt uns hier abbrechen, meine Freunde.

Posthumus
Von Herzen gern. Dieser würdige Signor, ich danke ihm dafür, behandelt mich nicht als Fremden; wir sind gleich bei erster Bekanntschaft Vertraute.

Jachimo
Mit fünfmal soviel Gespräch würde ich mir bei Eurer schönen Gebieterin Bahn machen, sie rückwärts treiben, ja, zum Wanken bringen, hätte ich Zutritt und Gelegenheit, näher Bekanntschaft zu schließen.

Posthumus
Nein, nein.

Jachimo
Ich wage es, darauf die Hälfte meines Vermögens gegen Euren Ring zu

verpfänden, die, nach meiner Schätzung, noch etwas mehr wert ist; aber ich unternehme meine Wette viel mehr gegen Eure Zuversicht als gegen ihre Ehre, und um hierin auch jede Beleidigung Eurer auszuschließen, ich wage den Versuch gegen jede Dame in der Welt.

Posthumus
Ihr seid außerordentlich getäuscht in dieser zu dreisten Überzeugung, und ich zweifle nicht. Euch wird das, was Ihr durch solcherlei Versuch verdient.

Jachimo
Und das wäre?

Posthumus
Eine Abweisung, obwohl Euer Versuch, wie Ihr es nennt, mehr verdient: Züchtigung auch.

Philario
Ihr Herrn, genug davon! Das kam zu plötzlich; laßt es sterben, wie es geboren ward, und – ich bitte – lernt Euch besser kennen!

Jachimo
Ich wollte, ich hätte mein und meines Nachbars Vermögen auf die Beweisführung dessen gesetzt, was ich behauptete.

Posthumus
Welche Dame wähltet Ihr zu Eurem Angriff?

Jachimo
Die Eure, deren Festigkeit Ihr für so unerschütterlich haltet. Ich setze zehntausend Dukaten gegen Euren Ring, mit dem Beding, Ihr empfehlt mich an den Hof, wo Eure Dame lebt, ohne mehr Begünstigung als die Gelegenheit eines zweiten Gesprächs, und ich bringe von dort diese ihre Ehre mit, die Ihr so sicher bewahrt glaubt.

Posthumus
Ich will Gold wetten gegen Euer Gold; meinen Ring achte ich so teuer als meinen Finger; er ist ein Teil von ihm.

Jachimo
Ihr seid ängstlich und deshalb um so klüger. Wenn Ihr Frauenfleisch auch das Quentchen für eine Million kauft, so könnt Ihr es doch nicht vor Ansteckung bewahren. Aber ich sehe, es ist etwas Religion in Euch, daß Ihr furchtsam seid.

Posthumus
Dies ist nur eine Gewohnheit Eurer Zunge; Euer Denken ist, hoffe ich, ehrbarer.

Jachimo
Ich bin Herr und Meister meiner Reden und würde unternehmen, was ich sprach, das beschwör ich.

Posthumus
Würdet Ihr? Ich werde Euch meinen Diamant bis zu Eurer Rückkehr nur leihen; mag ein Vertrag zwischen uns aufgesetzt werden. Meine Geliebte übertrifft in Tugend die Unermeßlichkeit Eurer unwürdigen Denkart. Ich fordre Euch zu dieser Wette auf: hier ist mein Ring!

Philario
Es soll keine Wette sein.

Jachimo
Bei den Göttern, sie ist es; wenn ich Euch nicht hinlängliche Beweise ringe, daß ich das teuerste Kleinod Eurer Geliebten genoß, so sind meine zehntausend Dukaten Euer und Euer Diamant dazu. Wenn ich abgewiesen werde und sie die Ehre bewahrt, auf welche Ihr so fest vertraut, so ist sie, Euer Juwel, dies Euer Juwel und mein Gold Euer! Doch, wie bedungen, ich habe Eure Empfehlung, um ungehinderten Zutritt zu bekommen.

Posthumus
Ich nehme diese Bedingungen an; laßt die Artikel unter uns aufsetzen, und nur insofern sollt Ihr verantwortlich sein. Wenn Ihr Eure Unternehmung gegen sie richtet und mir deutlich zu erkennen gebt, daß Ihr gesiegt habt, so bin ich nicht ferner Euer Feind, sie war unsers Streites nicht wert; wenn sie aber unverführt bleibt und Ihr das Gegenteil nicht beweisen könnt, so sollt Ihr wegen Eurer schlechten Gesinnung und für den Angriff auf ihre Keuschheit mir mit dem Schwerte Rede stehen.

Jachimo
Eure Hand, es gilt! Wir wollen diesen Vertrag gerichtlich festsetzen. Dann fort nach Britannien, daß diese Unternehmung sich nicht erkälte und absterbe. Ich will mein Gold holen und unsre gegenseitige Wette niederschreiben lassen.

Posthumus
Einverstanden.

Posthumus und Jachimo gehen ab.

Franzose
Glaubt Ihr, daß dies durchgehn wird?

Philario
Signor Jachimo wird nicht davon abstehen. Kommt, laßt uns ihnen folgen.

Alle ab.

Sechste Szene

Britannien, in Cymbelines Palast

Es treten auf die Königin, Hofdamen und Cornelius.

Königin
Solang der Tau am Boden, pflückt die Blumen;
Rasch: wer hat das Verzeichnis?

Erste Hofdame
Ich.

Königin
So geht!

Die Hofdamen gehn ab.

Nun, Doktor, habt Ihr die Mixtur besorgt?

Cornelius
ihr ein Fläschchen reichend.
Wie Eure Hoheit mir befahl, hier ist sie.
Ihr ein Schächtelchen reichend.
Doch ich ersuch Eur Gnaden – zürnt mir nicht,
Denn mein Gewissen dringt auf diese Frage:
Weshalb verlangt Ihr dieses giftige Mittel,
Des Wirkung ist ein langsam schleichender Tod,
Wenn schnell nicht, sicher doch?

Königin
Mich wundert, Doktor,

Daß du so fragst. Bin ich nicht deine Schül'rin
Schon längst? Hast du mich nicht Duftstoffe mischen
Gelehrt und destillieren, konservieren,
Daß unser König selbst mich oft gebeten
Um Proben meiner Einmachkunst? Und hältst du
Mich nicht für teuflisch, ist es doch natürlich,
So weit gekommen, weiter noch zu streben
In meinem Wissen? So will ich die Kräfte
Deiner Mixtur an Kreaturen prüfen,
Die nicht des Hängens wert sind – nicht an Menschen! –,
Um ihre Wirkung zu erproben, wende
Dann Gegenmittel an, und so erforsch ich
Den mannigfachen Einfluß.

Cornelius
Solche Übung
Muß, hohe Fürstin, Euer Herz verhärten;
Auch ist der Anblick dieser Wirkung schädlich
Sowohl als ekelhaft.

Königin
Oh, sei ganz ruhig!

Pisanio tritt auf.

[**Königin**] *für sich.*
Hier kommt ein schmeichlerischer Bub; an ihm
Prüf ichs zuerst: er ist für seinen Herrn
Und meinem Sohn entgegen. – Ei, Pisanio! –
Doktor, fürs erste brauch ich Euch nicht mehr;
Ihr mögt nun gehn.

Cornelius *für sich.*
Ich trau Euch nicht; doch, Dame,
Ihr sollt kein Unheil stiften!

Königin *zu Pisanio.*
Hör, ein Wort!

Cornelius *für sich.*
Verdächtig ist sie mir. Sie glaubt, sie habe

Ein zehrend Gift; doch kenn ich ihren Sinn
Und würde keinem, der ihr gleicht an Tücke,
So höllschen Trank vertraun. Das, was sie hat,
Betäubt und stumpft den Sinn auf kurze Zeit.
Vielleicht versucht sie's erst an Hunden, Katzen,
Dann immer höher auf; doch in dem Schein
Des Todes, den dies gibt, ist nicht Gefahr;
Es fesselt nur auf kurze Zeit den Geist,
Der um so frischer dann erwacht. Betrogen
Wird sie durch falschen Schein; ich, falsch an ihr,
Bin um so treuer.

Königin

Doktor, du magst gehn,
Bis ich dich rufen lasse.

Cornelius

Ich gehorche.

Er geht ab.

Königin

Du sagst, sie weint noch immer? Glaubst du nicht,
Daß mit der Zeit sie ruhger wird und Rat
Einläßt, wo Torheit herrscht? Tu, was du kannst.
Sagst du mir einst, sie liebe meinen Sohn,
Dann, glaube mir, stehst du im Augenblick
Hoch wie dein Herr; und höher, denn sein Glück
Liegt sprachlos da, sein Name selbst schöpft bald
Den letzten Hauch. Heimkehren kann er nicht,
Noch bleiben, wo er ist; den Ort verändern,
Heißt nur ein Elend mit dem andern tauschen,
Und jeder neue Tag zerstört ihm nur
Des vorgen Tages Werk. Was kannst du hoffen,
Lehnst du dich an ein Ding, das im Verfall
Und neugebaut nicht werden kann? Er hat
Nicht Freund', um ihn zu stützen. –
Die Königin läßt die Schachtel fallen, Pisanio hebt es auf.
Du nimmst auf

Und weißt nicht was, doch nimms für deine Müh.
Ich macht es selbst, und fünfmal hats den König
Vom Tod gerettet; keine beßre Stärkung
Ist mir bekannt. – Behalts, ich bitte dich;
Es sei das Handgeld eines größern Lohns,
Den ich dir zugedacht. Sag deiner Herrin,
Wie ihre Sache steht, tu's, wie von selbst!
Bedenk, wie sich dein Glücksstand ändert; denk nur:
Die Fürstin bleibt dir, meinen Sohn gewinnst du,
Der dich auszeichnen wird; den König stimm ich
Zu jeder Art Befördrung, wie du nur
Sie wünschen magst; zumeist bin ich verpflichtet,
Die dir den Weg zu dem Verdienst gezeigt,
Die Mühe glänzend zu belohnen. Sende
Mir meine Fraun und denke meiner Worte! –

Pisanio geht ab.

Ein standhaft tückscher Schelm, nicht zu erschüttern;
Der Anwalt seines Herrn und ihr ein Mahner,
Um ihre Hand dem Gatten zu bewahren.
Ich gab ihm etwas; wenn er es genießt,
So hat sie keinen mehr, der Botschaft läuft
Für ihren Schatz; und beugt sie nicht den Sinn,
Soll sie es wahrlich auch bald kosten müssen.

Pisanio kommt mit den Hofdamen zurück.

So, so, recht gut, recht gut!
Die Veilchen, Schlüsselblumen und die Primeln
Bringt in mein Schlaf gemach! – Leb wohl, Pisanio,
Gedenke meines Worts!

Die Königin und die Hofdamen gehen ab.

Pisanio

Das werd ich tun,
Doch sollt ich meine Treu am Herren brechen,
Würg ich mich selbst; mehr will ich nicht versprechen.
Er geht ab.

Siebente Szene

Daselbst. Ein anderes Zimmer im Palast

Imogen tritt auf.

Imogen
Der Vater grausam, die Stiefmutter falsch,
Ein Tor als Freier der vermählten Frau
Und deren Mann verbannt! – O dieser Mann!
Die Krone meines Grams! Und alle Drangsal
Um seinetwillen! War ich auch geraubt,
Wie meine Brüder, wohl mir! Doch höchst elend
Ist Sehnsucht hohen Standes; glücklich, wem,
Wie niedrig auch, ehrbarer Wunsch erfüllt wird,
Durch Freud erheitert. – Wer denn stört mich wieder?

Pisanio und Jachimo treten auf.

Pisanio
Fürstin, dies ist ein edler Herr aus Rom,
Mit Briefen meines Herrn.

Jachimo
Erschreckt Ihr, Fürstin?
Der würdige Leonatus ist ganz wohl
Und grüßt Eur Hoheit herzlich.
Er gibt ihr einen Brief.

Imogen
Herr, ich dank Euch,
Ihr seid willkommen sehr!

Jachimo *für sich.*
Alles an ihr, was äußerlich: wie reich!
Ist ihr Gemüt so herrlich ausgestattet,
Ist einzig sie Arabiens Phönix, und
Verloren hab ich. Kühnheit, sei mein Freund!
Frechheit, bewaffne mich von Kopf zu Fuß!
Sonst muß ich, wie der Parther, fliehend fechten;
Ja, gradezu entfliehn.

Imogen *liest.*
Er ist ein Mann von der edelsten Auszeichnung, dessen Freundschaft mich ihm unendlich verpflichtet hat. Beachte ihn in dem Maße, wie Dir Deine Pflicht teuer ist.

Leonatus.

Nur so weit les ich laut:
Doch meines Herzens Innres wird durchglüht
Vom übrigen und nimmt es dankbar an. –
Den Willkomm habt Ihr, edler Herr, den ich
Mit allen Worten geben kann, und sollt ihn finden
In allem, was mein Tun vermag.

Jachimo
Dank, schönste Frau!
Ha! Wie? Sind Menschen toll? Gab die Natur
Das Aug, um anzuschaun des Himmels Bogen
Und diesen reichen Schatz von See und Land,
Das trennend unterscheidet Stern von Stern
Und Stein von Stein am kieselreichen Ufer,
Und kann solch köstliches Organ nicht scheiden
Häßlich von schön?

Imogen
Was macht Euch so erstaunen?

Jachimo
Im Auge kanns nicht sein, denn Aff und Pavian
Wird, bei zwei solchen Weibchen, ***dahin*** plappern
Und ***der*** Gesichter ziehn; auch nicht im Urteil:
Der Blödsinn wird als weiser Richter Schönheit
Wohl unterscheiden; noch in Lüsternheit:
Schmutz, solchem reinen Glanz entgegen, zwänge
Selbst die Begier, die Leerheit auszubrechen,
Nicht lockt er sie zur Speise.

Imogen
Herr, was ist Euch?

Jachimo
Der überfüllte Wille, die Begier,
Satt und doch ungesättigt; dieses Faß,
Voll und doch leck, frißt erst das Lamm und lüstert
Dann noch nach dem Gedärm.

Imogen
Was, teurer Herr,
Reißt Euch so hin? Seid Ihr nicht wohl?

Jachimo
Dank, Fürstin, mir ist wohl. –
Zu Pisanio.
Ich bitt Euch, Freund,
Sucht meinen Diener auf, wo ich ihn ließ;
Er ist hier fremd und unbeholfen.

Pisanio
Soeben wollt ich gehn, ihn zu begrüßen.
Er geht ab.

Imogen
Wie geht es meinem Gatten, ist er wohl?

Jachimo
Prinzessin, er ist wohl.

Imogen
Und ist er frohen Muts? Ich hoff, er ist es.

Jachimo
Ausnehmend aufgeweckt; kein Fremder dort
Ist so voll Scherz und Heiterkeit; man nennt ihn
Den ausgelaßnen Briten.

Imogen
Als er noch hier war,
Neigte er oft zur Schwermut; wußt er gleich
Selbst nicht, warum.

Jachimo
Ich sah ihn niemals ernst.

Sein Kamerad dort, ein Franzos, ein sehr
Vortrefflicher Monsieur, ist, scheints, verliebt
In ein französisch Kind zu Haus; der dampft
Die schwersten Seufzer aus; der lustge Brite,
Eur Gatte, lacht aus voller Brust und ruft:
Oh, meine Seiten springen, denk ich, daß
Ein Mann, der durch Bericht weiß und Erfahrung,
Was Frauen sind, ja, was sie müssen sein,
In seinen freien Stunden schmachten kann
Nach sichrer Knechtschaft.

Imogen

So spricht mein Gemahl?

Jachimo
Ja, und die Augen tränen ihm vor Lachen.
Es ist ein wahres Fest, ihn anzuhören,
Wie er den Franzmann höhnt. Doch, weiß der Himmel,
Mancher ist sehr zu tadeln.

Imogen

Er nicht, hoff ich.

Jachimo
Er nicht; doch hätte wohl des Himmels Huld
Mehr Dank verdient. In ihm schon unbegreiflich,
In Euch, die sein ward über sein Verdienst –
Wie ich erstaunen muß, so muß ich auch
Tief Mitleid fühlen.

Imogen

Und mit wem, mein Herr?

Jachimo
Mit zweien, herzlich!

Imogen

Und bin ich das eine?
Ihr blickt mich an: Was ist an mir zerstört,
Das Euer Mitleid heischt?

Jachimo

O welch ein Jammer!
Dem Glanz der Sonn entfliehn und Tröstung suchen
Bei einem Lichtstumpf im Verlies?

Imogen

Ich bitt Euch,
Laßt Eure Antwort offen das erklären,
Was ich gefragt. Weshalb beklagt Ihr mich?

Jachimo

Daß von andern,
Fast wollt ich sagen. Euch geraubt wird – doch
Es ist der Götter Amt, dies zu bestrafen,
Nicht meins, davon zu sprechen.

Imogen

Scheint Ihr doch
Zu wissen, was mich nah betrifft. Ich bitte
– Da Ahnung eines Übels oft mehr quält
Als Überzeugung; denn gewisses Unglück
Ist ohne Rettung, oder, früh erkannt,
Dadurch geheilt –, entdeckt mir, was zugleich
Euch spornt und zügelt!

Jachimo

Hätt ich diese Wange,
Die Lippe drauf zu baden; diese Hand,
Die, nur berührt, des Fühl'nden Seele zwingt
Zum Eid der Treu; dies Angesicht, das fesselt
Das wilde Schweifen meines Auges, einzig
An diese Stelle: würd ich lecken dann
An Lippen – Schmach! – gemein so, wie die Stufen
Zum Kapitol, und Hände drücken, hart
Durch stete Falschheit – Falschheit ihre Arbeit –,
Dann in ein Auge blinzeln, niederträchtig
Und blinkend wie das qualmige Licht, das sich
Von ranzigem Talge nährt? Gerecht wärs nur,

Wenn aller Höllenfluch auf solchen Abfall
Zugleich sich stürzte.

Imogen

Mein Gemahl, ich fürchte,
Vergaß Britannien.

Jachimo

Und sich selbst. Nicht gern
Gab ich aus freier Neigung diese Kunde
Von seinem Bettlertausch; nur Euer Reiz
Beschwor aus stummster Brust auf meine Zunge
Das herbe Wort.

Imogen

Laßt mich kein weitres hören!

Jachimo

O göttlich Wesen! Eure Schmach erschüttert
Mein Herz und macht es krank. So schöne Frau,
Die, einem Kaisertum gesellt, verdoppelt
Den Wert des größten Königs: gleichgestellt
Mit Dirnen nun, bezahlt von Ausstattung,
Die Ihr ihm schenkt, mit angesteckten Huren,
Die um Gewinn mit jeder Krankheit kosen,
Durch die Natur verwest! So schlimmer Stoff,
Daß er das Gift vergiften könnte! Rächt Euch!
Sonst war, die Euch gebar, nicht Königin,
Und Ihr entartet Eurem großen Stamm.

Imogen

Mich rächen?
Wie könnt ich wohl mich rächen? Ist dies wahr
– Doch hab ich solch ein Herz, das meine Ohren
So schnell nicht täuschen sollen –, ist es wahr,
Wie könnt ichs rächen?

Jachimo

Ließ' er leben mich
Im kalten Bett, Dianens Priestrin gleich,

Indes er frevelt in den frechsten Lüsten,
Zur Kränkung Euch, von Eurem Golde? Rächt es!
Ich weihe selbst mich Euren süßen Freuden,
Weit edler als der Flüchtling Eures Lagers,
Und werde fest an Eurer Liebe halten,
So sicher wie geheim!

Imogen

Heda, Pisanio!

Jachimo

Laßt Euren Lippen meinen Dienst verpfänden.

Imogen

Hinweg! Fluch meinen Ohren, die so lange
Dich angehört! Wärst du ein Mann von Ehre,
Du hättst um Tugend dies erzählt und nicht
Für einen Zweck, so niedrig als befremdend.
Schmähst einen edlen Mann, der so entfernt
Von deiner Schildrung ist, wie du von Ehre,
Und buhlst um eine Frau, die dich verabscheut,
Dich und den Teufel gleich! – Pisanio, he! –
Dem König, meinem Vater, wird gemeldet
Dein Angriff, und wenn er es schicklich findet,
Daß hier am Hof ein frecher Fremdling marktet
Wie in dem römschen Bad und viehisch darlegt
Den schnöden Sinn, so hat er einen Hof,
Für den er wenig sorgt, und eine Tochter,
Die er für gar nichts achtet. – He, Pisanio!

Jachimo

O selger Leonatus! So nun sprech ich;
Der Glaube deiner Frau an dich verdient
Wohl deine Treu, und deine große Tugend
So ihren Glauben! – Lange lebt beglückt!
O Weib des Edelsten, den je ein Land
Den Seinen nannte! Und Ihr, seine Herrin,
Die nur der Edelste verdient! Verzeiht,
Ich sprach dies prüfend nur, ob Euer Zutraun

Tief Wurzel schlug; so wird nun Euer Gatte
Das, was er ist, erneut; und er ist einer
Von reinsten Sitten, solch ein heilger Zaubrer,
Daß er in Scharen alles zu sich bannt:
Der Herzen Hälft ist sein.

Imogen

Ihr söhnt mich aus.

Jachimo

Verehrt, ein Gott, sitzt er im Kreis der Menschen;
Die Huldgung, die ihm wird, hebt ihn empor
Vor allen Sterblichen. Seid nicht erzürnt,
Erhabne Fürstin, daß ich es gewagt,
Durch Lüge Euch zu prüfen; Eure Weisheit
Hat durch den festen Sinn sich neu bewährt,
Wie in der Wahl des einzig edeln Mannes
Sie sich nicht irrte. Meine Liebe zu ihm
Gab mir die Sichtung ein; doch, allen ungleich,
Schuf Euch der Himmel spreulos. Drum vergebt!

Imogen

Jetzt ist es gut, mein Herr;
Was ich am Hof vermag, steht Euch zu Dienst.

Jachimo

Ich dank in Demut. Fast hätt ich vergessen,
Um Eure Huld zu flehn in kleiner Sache,
Und wichtig doch, denn Euren Herrn betrifft es;
Ich selbst und einge Freunde nehmen teil
An dem Geschäft.

Imogen

So sagt mir, was es ist.

Jachimo

Ein Dutzend von uns Römern und Eur Gatte,
Die schönste Feder unsrer Schwinge, kauften
Gemeinsam für den Kaiser ein Geschenk;
Ich als Agent der andern tats in Frankreich.

's ist Silberzeug von seltner Arbeit, Steine
Mit reicher, edler Fassung, großen Werts;
Und etwas ängstlich bin ich hier, als Fremder
Sie sicher zu verwahren; nähmet Ihr
Sie wohl in gütge Obhut?

Imogen

Herzlich gern;
Für ihre Sicherheit bürgt Euch mein Wort,
Und da mein Gatte teil dran hat, bewahrt sie
Mein Schlafgemach.

Jachimo

Sie sind in einer Kiste
Bei meinen Leuten, und ich bin so dreist,
Sie Euch zu senden, nur für diese Nacht;
Ich muß an Bord schon morgen.

Imogen

O nein, nein.

Jachimo

Verzeiht, ich muß; sonst käm mein Wort zu kurz,
Verlängert ich die Fahrt. Von Gallien
Kreuzt ich die See; mein Wunsch wars und Versprechen,
Zu sehn Eur Hoheit.

Imogen

Dank für Eure Müh!
Doch morgen reist Ihr nicht.

Jachimo

Ich muß, Prinzessin;
Drum bitt ich sehr, wenn Ihr noch Euren Herrn
Durch Briefe grüßen wollt, so tuts heut abend.
Ich blieb zu lange schon, und wichtig ist
Die Überreichung des Geschenks.

Imogen

Ich schreibe.

Schickt Eure Kiste, sie wird gut verwahrt
Und sicher Euch zurückgestellt. Lebt wohl!

Sie gehn ab.

Zweiter Akt

Erste Szene

Britannien, ein Hof vor dem Palast Cymbelines

Cloten und die zwei Lords treten auf tritt auf mit zwei Edelleuten.

Cloten
Hatte je ein Mensch solch Unglück! Wenn meine Kugel schon die andre berührte, weggestoßen zu werden! Ich hatte hundert Pfund darauf gesetzt – und dann muß solch ein verwünschter Maulaffe mir noch mein Fluchen vorwerfen; als wenn ich meine Flüche von ihm borgte und sie nicht nach Gefallen ausgeben könnte!

Erster Lord
Was hat es ihm geholfen? Ihr habt ihm mit Eurer Kugel den Kopf zerschlagen.

Zweiter Lord *für sich.*
Wenn sein Verstand dem Verwundenden gleich wäre, so wäre er ganz ausgelaufen.

Cloten
Wenn ein vornehmer Herr Lust hat zu fluchen, so schickt sichs nicht für irgend jemand, der dabei ist, ihm seine Flüche verschneiden zu wollen.

Zweiter Lord
Nein, mein Prinz; *für sich*
oder ihnen die Ohren zu sutzen.

Cloten
Verwünschter Hund! – Ich ihm Genugtuung geben? Ich wollte, er wäre von meinem Range!

Zweiter Lord *für sich.*
Um auch solche Range zu sein wie du?

Cloten
Nichts auf der Welt kann mich so ärgern – der Henker hols! Ich möchte lieber nicht so vornehm sein, als ich bin; sie getrauen sich nicht, mit mir zu fechten, wegen der Königin, meiner Mutter; jeder Hansnarr schlägt sich die Haut voll, und ich muß auf und ab gehen, wie ein Kampfhahn, an den sich kein anderer traut.

Zweiter Lord *für sich.*
Ihr seid ein Kampfhahn und ein Kapphahn dazu, und Ihr kräht, daß Euch die Narrenkappe schwillt!

Cloten
Was sagst du?

Zweiter Lord
Es schickt sich nicht für Euer Gnaden, sich mit jedem Gesellen herumzuschlagen, den Ihr beleidigt.

Cloten
Ja, das weiß ich wohl; aber es schickt sich für mich, die zu beleidigen, die weniger sind als ich.

Zweiter Lord
Ja, das schickt sich nur für Euer Gnaden allein.

Cloten
Nun, das mein ich.

Erster Lord
Habt Ihr von jenem Ausländer gehört, der heut abend an den Hof gekommen ist?

Cloten
Ein Ausländer, und ich weiß nichts davon?

Zweiter Lord *für sich.*
Er ist selbst ein ausländisch Tier und weiß es nicht.

Erster Lord
Ein Italiener ist angekommen, und wie man sagt, ist er ein Freund des Leonatus.

Cloten
Leonatus? Der verbannte Schuft; und dieser ist auch einer, er mag sein, wer er will. Wer sagte Euch von diesem Ausländer?

Erster Lord Einer von Euer Gnaden Pagen.

Cloten
Schickt es sich, daß ich gehe und ihn ansehe? Ist das keine Erniedrigung für mich?

Erster Lord
Ihr könnt Euch gar nicht erniedrigen, Prinz.

Cloten
Nicht so leicht, das glaube ich auch.

Zweiter Lord *für sich.*
Ihr seid ein ausgemachter Narr und dadurch so erniedrigt, daß nichts, was Ihr tut. Euch noch mehr erniedrigen kann.

Cloten
Kommt, ich will diesen Italiener ansehn; was ich im Kugelspiel verloren habe, will ich heut abend von ihm wiedergewinnen. Kommt, gehn wir!

Zweiter Lord
Zu Euer Gnaden Befehl.

Cloten und der erste Lord gehn ab.

Daß ein so listiger Teufel wie die Mutter
Der Welt den Esel gab! Ein Weib, das alles
Mit ihrem Geist erdrückt; und er, ihr Sohn,
Kann, für sein Leben, nicht von zwanzig zwei
Abziehn, daß achtzehn bleiben. Arme Fürstin,
O edle Imogen, was mußt du dulden!
Der Vater hier, den die Stiefmutter lenkt,
Die Mutter dort, die stündlich Ränke spinnt,
Ein Freier, hassenswürdger als der Bann
Des teuren Gatten und der sündge Vorsatz
Der Scheidung! Unerschüttert halte Gott
Die Mauer deiner Ehr und unentweiht
Den Tempel, dein Gemüt; die Treu belohne

Rückkehr des Gatten und die Herrscherkrone!
Er geht ab.

Zweite Szene

Imogens Schlafzimmer in Cymbelines Palst, in einer Ecke steht die Kiste

Imogen im Bett, lesend, eine Kammerfrau wartet ihr auf.

Imogen
Ist jemand da? Du, Helena?

Kammerfrau
Hier bin ich.

Imogen
Was ist die Uhr?

Kammerfrau
Fast Mitternacht, Prinzessin.

Imogen
Drei Stunden las ich denn; mein Aug ist matt.
Schlag hier das Blatt ein, wo ich blieb; zu Bett!
Nimm nicht die Kerze weg – nein, laß sie brennen;
Und könntest du um vier Uhr munter werden,
So, bitte, weck mich! Schlaf umfängt mich ganz.

Die Kammerfrau geht ab.

Ihr Götter, eurem Schutz befehl ich mich!
Vor Nachtmahrn und den nächtlichen Versuchern
Schirmt mich, ich flehe!

Sie schläft ein. Jachimo steigt aus der Kiste.

Jachimo
Die Heimchen schrilln; der Mensch, von Arbeit matt,
Gewinnt sich Kraft im Ruhn. So leis auf Binsen
Schlich einst Tarquin, eh er die Keuschheit weckte,
Die er verwundete. – O Cytherea,
Wie hold schmückst du dein Bett! Du frische Lilie!

Und weißer als das Linnen! Dürft ich rühren!
Nur küssen einen Kuß! – Rubinen, himmlisch,
Wie zart sie schließen! Ihre Atemzüge
Durchwürzen so den Raum. Das Licht der Kerze
Beugt sich ihr zu und möchte lauschen unter
Das Augenlid, zu sehn verhüllte Sterne,
Jetzt von den Fenstergattern zugedeckt:
Weiß und Azur, gefärbt vom Himmelsblau. –
Allein mein Vorsatz?
Das Zimmer merken – alles schreib ich nieder –
Gemälde, die und die – das Fenster dort –
Des Bettes Umhang so – Teppich, Figuren
Sind so – dies der Geschichte Stoff. Doch ja:
Nur ein natürlich Merkmal ihres Leibes!
Mehr als zehntausend niedre Dinge würd es
Bezeugen, mein Verzeichnis zu bekräftigen.
Schlaf, Affe du des Tods, lieg schwer auf ihr!
Und ihr Gefühl sei wie ein steinern Bild,
Das in der Kirche ruht! – Komm, komm herab,
er nimmt ihr das Armband ab,
So schlüpfrig, wie der gordsche Knoten fest!
Mein ists, und ist nunmehr ein äußrer Zeuge,
So kräftig, wie sein eignes Wissen wäre,
Den Mann rasen zu lassen. Da: ein Mal
Auf ihrer linken Brust, fünfsprenklig wie
Die roten Tropfen in dem Schoß der Primel,
Beweis, hier gültger als Gerichtsausspruch!
Dies Zeichen zwingt ihn, daß er glaubt, ich löste
Das Schloß und raubte ihrer Ehre Schatz.
Genug. – Was solls?
Wozu noch schreiben, was geschmiedet mir,
Geschroben ins Gedächtnis? Sie las eben
Vom Tereus noch; das Blatt ist eingelegt,
Wo Philomele sich ergab – ich hab genug!
Zurück zum Schrein, die Feder springe zu.
Schnell, Drachenzug der Nacht, daß Dämmrung öffne
Des Raben Aug! Mich ängstet diese Stelle;

Ruht dort ein Engel gleich, ist hier doch Hölle.
Die Uhr schlägt.
Eins, zwei, drei. – Nun ist es Zeit!
Er geht wieder in die Kiste.

Dritte Szene

Ein Vorraum, der an Imogens Genächer angenzt

Cloten tritt auf und die Lords.

Erster Lord
Euer Gnaden sind der geduldigste Mann beim Verlust; der kaltblütigste, der je ein As aufschlug.

Cloten
Es muß jeden Menschen kalt machen, wenn er verliert.

Erster Lord
Aber nicht jeden so geduldig, wie Eure edle Gemütsart ist, mein Prinz. Ihr seid nur hitzig und wütig, wenn Ihr gewinnt.

Cloten
Gewinn macht den Menschen mutig. Könnte ich nur diese alberne Imogen erlangen, so hätte ich Gold genug. Nicht wahr, es ist fast Morgen?

Erster Lord
Schon Tag, gnädiger Herr.

Cloten
So wollte ich, daß die Musik käme. Sie haben mir geraten, ihr des Morgens Musik zu bringen; sie sagen, das würde durchdringen.

Die Musiker kommen.

Na, kommt; stimmt! Wenn ihr mit eurer Fingerei bei ihr durchdringen könnt; gut, dann wollen wir es auch mit der Zunge versuchen; wenn nichts hilft, so mag sie laufen, doch aufgeben will ich es nicht. Erst ein vortreffliches, gut erfundenes Ding; nachher ein wunderbar süßer Gesang, mit erstaunlichen, übermäßigen Worten dazu. Dann mag sie sichs über legen.

Lied

Horch! Lerch am Himmelstor singt hell,
  Und Phöbus steigt herauf;
Sein Roßgespann trinkt süßen Quell
  Von Blumenkelchen auf;
Die Ringelblum erwacht aus Traum,
  Tut güldne Äuglein auf;
Lacht jede Blüt im grünen Raum,
Drum, holdes Kind, steh auf:
  Steh auf, steh auf!

So, nun fort; wenn dies durchdringt, werde ich eure Musik um so besser beachten, wo nicht, so ist es ein Fehler an ihren Ohren, den Roßhaare, Darmsaiten und die Stimmen von Hämlingen noch dazu nicht bessern können.

Die Musiker gehn ab.
Cymbeline und die Königin treten auf.

Zweiter Lord
Hier kommt der König.

Cloten
Es ist mir lieb, daß ich so spät noch auf war, denn das ist Ursach, daß ich so früh schon wieder auf bin. Er muß diese Liebesbewerbung väterlich aufnehmen. – Ich wünsche Eurer Majestät und meiner gnädigen Mutter einen guten Morgen.

Cymbeline
Harrt ihr vor unsrer strengen Tochter Tür?
Und kommt sie nicht?

Cloten
Ich habe sie mit Musik bestürmt, aber sie geruht nicht, darauf zu achten.

Cymbeline
Zu neu ist die Verbannung ihres Lieblings,
Noch denkt sie sein, und eine längre Zeit
Muß erst sein Bild in ihrer Seele löschen;
Dann ist sie dein.

Königin

Viel Huld zeigt dir der König,
Er nutzt jedweden Anlaß, der dich fördert
Bei seiner Tochter; tu nun selbst das Beste
Durch angebracht Bewerben: sei befreundet
Mit Zeit und Stunde; durch Verweigerung
Vermehre sich dein Eifer, daß es scheine,
Begeistrung treibe dich zu allen Diensten,
Die du ihr weihst. Daß du ihr stets gehorchst;
Nur wenn sie dir befiehlt, dich zu entfernen,
Dann sei wie sinnlos.

Cloten

Sinnlos? Das fehlte noch!

Ein Bote tritt auf.

Bote

Gesandte sind von Rom da, hoher Herr;
Einer ist Cajus Lucius.

Cymbeline

Ein wackrer Mann,
Kommt er auch jetzt aus bösem Anlaß; doch
Nicht schuld ist er. Wir müssen ihn empfangen,
Gemäß der Ehre dessen, der ihn sendet,
Und daß er einst uns Freundesdienste tat,
Sei frisch in der Erinnrung. – Teurer Sohn,
Sobald Ihr Eure Herrin habt begrü&&zlig;t,
Folgt uns und Eurer Mutter; Ihr seid nötig
In Gegenwart des Römers. – Kommt, Gemahlin!

Cymbeline, Königin, Bote und Edelleute gehen ab.

Cloten

Ist sie schon auf, so will ich mit ihr sprechen;
Wo nicht, so schlaf und träume sie. – Heda!
Er klopft an.
Stets hat sie ihre Fraun um sich. Wie wärs,
Salbt ich die Hand der einen? Gold ists ja,

Das Zutritt kauft, sehr oft; ja, es besticht
Dianens Förster, daß sie selbst das Wild
Dem Dieb entgegentreiben; Gold ists ja,
Was Brave mordet und den Räuber schützt,
Ja, manchmal Dieb und Redlich bringt zum Galgen.
Was kanns nicht schaffen und vernichten? Mir
Solls eine ihrer Fraun zum Anwalt machen;
Ich selbst versteh das Ding noch nicht so recht.
Ist niemand da?

Er klopft an. Eine Kammerfrau tritt auf.

Kammerfrau
Wer klopft?

Cloten
Ein Edelmann.

Kammerfrau
Nichts mehr?

Cloten
Ja, einer Edeldame Sohn.

Kammerfrau
Und das ist mehr, als mancher rühmen kann,
Des Schneider ihm so hoch kommt als der Eure.
Was ist denn meinem gnädigen Herrn gefällig?

Cloten
Eur gnädiges Fräulein da, ist sie bereit?

Kammerfrau
O ja: aus ihrem Zimmer nicht zu gehn.

Cloten
Da habt Ihr Gold, verkauft mir Eure Liebe!

Kammerfrau
Wie! Euch zu lieben? Oder andern nur
Mit Liebe von Euch sprechen?

Imogen tritt auf.

Die Prinzessin!

Imogen tritt auf.

Cloten
Guten Morgen, schönste Schwester! Eure Hand!

Die Kammerfrau geht ab.

Imogen
Guten Morgen, Prinz; Ihr kauft mit zu viel Mühe
Euch Unruh nur. Mein Dank an Euch ist nur
Aussprechen, daß ich, arm an Dank, ihn nicht
Verschenken kann.

Cloten
Stets, schwör ich, lieb ich Euch.

Imogen
Sagt Ihr es bloß, so gilts nicht minder mir;
Und schwört Ihr stets, bleibt Euer Lohn doch stets,
Daß ichs nicht achte.

Cloten
Das ist keine Antwort.

Imogen
Nur daß mein Schweigen nicht Nachgeben scheine,
Sonst spräch ich nichts. Ich bitte, laßt mir Ruhe;
Glaubt, Eure beste Freundlichkeit erweckt nur
Gleiche Mißhöflichkeit. Ein Mann, so weise,
Lernt doch wohl, einen Vorsatz aufzugeben.

Cloten
Euch in der Tollheit lassen? Sünde wärs;
Ich tu es nimmer.

Imogen
Narren sind nicht toll.

Cloten
Nennt Ihr mich Narr?

Imogen

Ich tu es, da ich toll bin.
Seid Ihr vernünftig, bin ich nicht mehr toll;
Das heilt uns beide. Es tut mir leid, mein Prinz:
Ihr zwingt mich, daß ich fremd der Frauensitte
So gradezu bin. Ein für allemal:
Ich, die mein Herz geprüft, beteure hier
Bei seiner Treu: Ich frage nichts nach Euch
Und bin fast so der Nächstenlieb entfremdet
– Ich klage selbst mich an –, daß ich Euch hasse.
Fühltet Ihrs lieber, braucht ich mich nicht dessen
Zu rühmen.

Cloten

Am Gehorsam sündigt Ihr,
Den Euer Vater fordern darf. Denn Ehe,
Die Ihr vorschützt mit diesem niedern Wicht
– Almosen, kalte Schüsseln nährten ihn,
Abfall des Hofes –, ist nicht Ehe, nein!
Und wenn man niedern Ständen auch vergönnt
– Doch wer ist niedriger? –, ihr Herz zu binden
– Bei ihnen wird nichts mehr erzielt als Bälge
Und Bettlerpack – in selbstgeschürzten Knoten,
Hält Euch vor solchem Unfug doch gezügelt
Das Anrecht auf den Thron; des Kostbarkeit
Dürft Ihr mit einem niedern Knecht nicht schänden,
'nem Mietling um Livree, um Herrenrock,
Fürn Brotaufschneider noch zu schlecht.

Imogen

Verworfener!
Wärst du der Sohn des Zeus und sonst so, wie
Du jetzt bist, wärst du doch zu niederträchtig,
Sein Knecht zu sein; hoch wärest du geehrt
– Selbst um den Neid zu wecken, schätzte man
Euch beide nach Verdienst –, würdst du ernannt
In seinem Reich zum Unterbüttel, und
Gehaßt für unverdiente Gunst.

Cloten

Die Pest ihm!

Imogen

Kein größer Unheil kann ihn treffen, als
Von dir genannt zu sein. Das schlechtste Kleid,
Das je nur seinen Leib umschloß, ist teurer
Für mich als alle Haar auf deinem Kopf,
War jedes solch ein Mann. – Heda,
vermißt das Armband.
Pisanio!

Pisanio tritt auf.

Cloten

Sein Kleid? Der Teufel hols –

Imogen

Geh schnell zur Dorothee, der Kammerfrau –

Cloten

Sein Kleid?

Imogen

Ein Narr verfolgt mich wie ein Spuk;
Macht Schreck und noch mehr Ärger. – Heiß das Mädchen
Nach einem Kleinod suchen; unversehens
Glitt mirs vom Arm; es war von meinem Gatten;
Wahrlich, nicht für den Schatz des größten Königs
In ganz Europa möcht ichs missen. Heut
Am Morgen, dünkt mich, sah ichs noch, doch sicher
Wars gestern abend noch an meinem Arm;
Da küßt ichs; es entfloh doch nicht, dem Herrn
Zu sagen, daß ich außer ihm was küßte.

Pisanio

Wohl findet sichs.

Imogen

Das hoff ich; geh und such!

Pisanio geht ab.

Cloten
Ihr habt mich schwer gekränkt – sein schlechtstes Kleid?

Imogen
Jawohl, das war mein Wort;
Wenn Ihr mich drum verklagen wollt, ruft Zeugen.

Cloten
Eur Vater hört es!

Imogen
Eure Mutter auch!
Sie ist mir hold gesinnt und wird das Schlimmste
Gern von mir denken. So empfehl ich Euch
Dem schlimmsten Unmut.

Imogen geht ab.

Cloten
Rache muß ich haben!
Sein schlechtstes Kleid? – Schon gut!
Ab.

Vierte Szene

Rom, in Philarios Hause

Posthumus und Philario treten auf.

Posthumus
Freund, fürchtet nichts! Wär ich so sicher nur,
Den König zu gewinnen, wie ich weiß,
Daß ihre Ehre sicher ist.

Philario
Welch Mittel
Wißt Ihr, ihn zu versöhnen?

Posthumus
Keins; ich warte
Der Zeiten Wechsel ab und zittre jetzt
Beim Winterfrost und hoff auf wärmre Tage;

So kränkelnd kann ich nichts als Dank Euch bieten:
Schlägt Hoffen fehl, so sterb ich Euer Schuldner.

Philario
Schon Eure Freundschaft, Euer edler Umgang
Zahlt übervoll, was ich getan. Eur König
Hat jetzt Augustus' Botschaft. Cajus Lucius
Wird streng, mit Nachdruck sprechen; jener, denk ich,
Bewilligt den Tribut und zahlt den Rückstand;
Sonst schaut er unser Heer, des Angedenken
Noch frisch in Eurer Kränkung lebt.

Posthumus
Ich glaube,
Bin ich kein Staatsmann gleich und werd es nie,
Dies bringt uns Krieg, und Ihr vernehmt wohl eher,
Daß Eure gallischen Legionen landen
In unserm unerschrocknen Vaterland,
Als daß man einen Deut zahlt. Kriegsgeübter
Ist unser Volk als einst, da Julius Cäsar,
Ihr Ungeschick belächelnd, ihren Mut
Doch finstrer Blicke wert fand; ihre Kriegszucht,
Nunmehr von Mut beschwingt, wird es beweisen
Dem, der sie prüft, sie seien wohl ein Volk,
Das fortschritt mit der Zeit.

Jachimo tritt auf.

Philario
Seht! Jachimo!

Posthumus
Die schnellsten Hirsche zogen Euch zu Lande,
Und alle Winde küßten Eure Segel,
Um Euer Schiff zu treiben.

Philario
Seid willkommen!

Posthumus
Die rasche Antwort, die Euch wurde, hoff ich,
Führt Euch so bald zurück.

Jachimo
Eure Gemahlin,
Sie ist die schönste, die ich je gesehn.

Posthumus
Dazu die beste; sonst mag ihre Schönheit
Durchs Fenster schaun und falsche Herzen locken
Und falsch mit ihnen sein.

Jachimo
Da habt Ihr Briefe.

Posthumus
Ihr Inhalt ist doch gut?

Jachimo
Das glaub ich wohl.

Posthumus
War Cajus Lucius an dem britischen Hof
Bei Eurer Ankunft dort?

Jachimo
Er wurd erwartet,
Doch war noch nicht gelandet.

Posthumus
Alles gut. –
Glänzt dieser Stein wie früher? Oder ist er
Zu schlecht für Eure Hand?

Jachimo
Verlor ich ihn,
So hätt ich seinen Wert an Gold verloren.
Gern macht ich einen Weg, noch mal so weit,
Für eine zweite Nacht, so süß und kurz,
Als mir Britannien gab! Mein ist der Ring.

Posthumus
Zu schwer ist es, dem Steine beizukommen.

Jachimo
Nicht, da sich Eure Frau so leicht erfand.

Posthumus
Macht nicht zum Spaß so den Verlust; ich hoffe,
Ihr wißt, daß wir nicht Freunde bleiben dürfen.

Jachimo
Doch, guter Herr, wenn den Vertrag Ihr haltet.
Hätt ich nicht die Ergebung Eurer Frau
Mit mir gebracht, dann gäb es freilich Kampf;
Nun nenn ich mich Gewinner ihrer Ehre
Und Eures Rings dazu, und nicht Beleidger
Von ihr noch Euch, da ich nach beider Willen
Getan.

Posthumus
Könnt Ihr beweisen, daß Ihr sie
Im Bett umarmt, ist Euer Hand und Ring;
Wo nicht, so muß dafür, daß Ihr so schändlich
Von ihr gedacht, mein oder Euer Schwert
Verloren sein; vielleicht, daß herrenlos
Sie beide liegen für den nächsten Finder.

Jachimo
Was ich aussagen kann, ist fast Beweis
Durch jeden Umstand, daß Ihr glauben werdet;
Doch will ich alles noch durch Eid erhärten,
Was Ihr mir, zweifl ich nicht, erlassen werdet,
Wenn es Euch selber überflüssig scheint.

Posthumus
So sprecht!

Jachimo
Zuerst ihr Schlafgemach, wo ich
Nicht schlief, gesteh ich, doch bekenne, daß ich
Erhielt, was Wachens wert: 's ist rund umhangen

Mit Teppichen von Seid und Silber, schildernd
Kleopatra, die ihren Römer trifft,
Der Kydnus über seine Ufer schwellend,
Aus Drang der Fahrzeug' oder Stolz: ein Werk,
So reich, so schön gewebt, daß Kunst und Pracht
Ihr Äußerstes getan; mich macht es staunen,
Wie es so fein und sorgsam ausgeführt,
Ganz wie das Leben selbst.

Posthumus

Nun freilich, ja;
Doch hörtet Ihrs vielleicht von mir; wo nicht,
Von andern.

Jachimo

Manch besondrer Umstand noch
Muß den Beweis verstärken.

Posthumus

Ja, das muß er,
Sonst kränkt Ihr Eure Ehre.

Jachimo

Der Kamin
Ist südwärts im Gemach, und das Kaminstück
Der keuschen Diana Bad. Nie sah ich Bilder
So durch sich selbst erklärt; der Künstler schuf
Stumm, wie Natur, und übertraf sie, ließ
Nur Atem und Bewegung aus.

Posthumus

Dies alles
Habt Ihr wohl durch Erzählung Euch gesammelt,
Da man viel drüber spricht.

Jachimo

Des Zimmers Decke
Ist ausgelegt mit goldnen Cherubim,
Die Feuerböcke, ich vergaß, von Silber,

Zwei schlummernde Cupidos, jeder zierlich
Auf einem Fuß, gestützt auf seine Fackel.

Posthumus
Und dies ist ihre Ehre! –
Mag sein. Ihr saht dies alles, und ich lobe
Eur gut Gedächtnis; doch Beschreibung dessen,
Was ihr Gemach enthält, gewinnt noch lange
Die Wette nicht.

Jachimo
Dann, wenn Ihr könnt, erbleicht!
Er zieht das Armband hervor.
Erlaubt, das Kleinod nur zu lüften: seht! –
Nun ist es wieder fort; mit Eurem Ring
Vermählt sich dies, und mein sind beide.

Posthumus
Zeus!
Laßt michs noch einmal sehn! Ist es dasselbe,
Das ich ihr gab?

Jachimo
Ja, Dank sei ihr, dasselbe!
Sie streifts von ihrem Arm – ich seh sie noch –
Ihr lieblich Tun war mehr noch als die Gabe
Und machte doch sie reich. Sie gab mirs, sagend,
Sie schätzt es einst.

Posthumus
Kann sein, sie nahm es ab,
Um mirs zu senden.

Jachimo
Schreibt sie so? Seht nach!

Posthumus
O nein, nein, nein; 's ist wahr. Hier, nehmt das auch!
Er gibt ihm den Ring.
Er ist jetzt meinem Aug ein Basilisk
Und tötet mich im Anschaun. – Keine Ehre,

Wo Schönheit; keine Treu, wo Schein; noch Liebe,
Wo je ein andrer Mann! Der Frauen Schwur
Hält fester nicht an dem, dem er geweiht,
Als Fraun an ihrer Tugend, das ist: gar nicht.
O ungeheure Falschheit!

Philario

Faßt Euch, Freund;
Nehmt Euren Ring zurück, noch ist er Euer.
Kann sein, daß sie's verlor; wer weiß, ob nicht
Von ihren Frauen eine, die bestochen,
Es ihr entwendet hat.

Posthumus

Gewiß!
Und so, denk ich, erlangt' ers. – Her den Ring!
Nennt mir an ihr ein körperliches Zeichen
Von mehr Gewicht als dies; dies ward gestohlen.

Jachimo

Beim Jupiter, von ihrem Arm bekam ichs!

Posthumus

O hört, er schwört; er schwört beim Jupiter.
Wahr ists; hier, nehmt den Ring, wahr ists: o sicher,
Sie konnt es nicht verlieren; ihre Diener
Sind treu; beeidigt all – verführt zum Stehlen?
Durch einen Fremden? – Nein; sie war die seine.
Dies ist das Wappen ihrer frechen Lust,
So teuer kaufte sie den Namen Hure.
Nimm deine Zahlung, da! Und Höll und Teufel
Mag unter euch sich teilen!

Philario

Freund, seid ruhig,
Denn dies genügt zur Überzeugung nicht,
Da Ihr des Glaubens –

Posthumus

Ha! Verliert kein Wort mehr;
Denn seine Buhle war sie.

Jachimo

Wenn Ihr fordert
Noch stärkre Proben: Unter ihrer Brust,
So wert des Druckes, ist ein Mal, recht stolz
Auf diesen süßen Platz. Bei meinem Leben,
Ich küßt es, und es gab mir neuen Hunger
Zu frischem Mahl nach dem Genuß. Erinnert
Ihr Euch des Mals?

Posthumus

Und Zeuge ists des Schandmals,
So ungeheuer wie der Raum der Hölle,
Umschlöß sie nichts als diesen Greul.

Jachimo

Hört noch mehr!

Posthumus

Spart Eure Rechnung, zählt nicht auf die Sünden;
Einmal, und 'ne Million!

Jachimo

Ich schwöre –

Posthumus

Schwört nicht!
Schwört Ihr, daß Ihrs nicht habt getan, so lügt Ihr;
Und ich ermorde dich, wenn du es leugnest,
Daß du mich hast entehrt!

Jachimo

Ich leugne nichts.

Posthumus

Hätt ich sie hier, sie stückweis zu zerreißen!
Ja, ich geh hin und tu's am Hofe vor

Des Vaters Augen. – Etwas will ich tun!
Er geht ab.

Philario
Der Fassung ganz beraubt. – Ihr habt gewonnen!
Laßt uns ihm nach, die rasche Wut zu wenden,
Die auf sich selbst er kehrt.

Jachimo
Von ganzem Herzen.

Sie gehn ab.

Fünfte Szene

Ein anderer Raum in Philarios Haus

Posthumus tritt auf.

Posthumus
Kann denn kein Mensch entstehn, wenn nicht das Weib
Zur Hälfte wirkt? Bastarde sind wir alle,
Und der höchst würdge Mann, den ich stets Vater
Genannt, war, weiß der Himmel wo, als ich
Geformt ward, und Falschmünzerwerkzeug prägte
Als falsches Goldstück mich. Doch meine Mutter
Galt als Diana ihrer Zeit; so steht
Mein Weib in dieser gleichlos. – Rache, Rache!
Rechtmäßiges Glück verweigerte sie mir
Und bat mich oft um Mäßigung; tats mit
So rosiger Sittsamkeit; dies süße Bild
Hätt auch Saturn erwärmt. Mir schien sie rein
Wie ungesonnter Schnee – o all ihr Teufel! –
Der gelbe Jachimo, in einer Stunde –
Nicht wahr? – Nein, schneller – gleich, er sprach wohl kaum!
Wie ein gemästeter, deutscher Eber schrie er
Nur Oh! und tats; fand solch Entgegnen nur,
Daß, was ihn hemmen sollte, sie ihm schnell
Als Sieger gab. O fänd ich doch nur aus

Des Weibes Teil in mir! Denn keine Regung,
Die sich zum Laster neigt im Mann, ich schwör es,
Die nicht des Weibes Teil: sei's Lügen, merkt,
Es ist des Weibes; Schmeicheln, ihrs; Trug, ihrs;
Wollüstiger Sinn, ihrs, ihrs; die Rachsucht, ihrs;
Geiz, Ehrsucht, Hohn, Hoffart im steten Wechsel,
Verleumdung, seltsam Lüsten, Wankelmut –
Was Laster heißt, was nur die Hölle kennt,
Ist ihrs, zum Teil, wenn ganz nicht; ja, doch ganz,
Denn selbst im Laster
Sind sie nicht fest, nein, tauschen immer Laster,
Das nur Minuten alt, mit einem andern,
Nur halb so alt. Ich schreibe gegen sie,
Verfluche sie – nein, Rache mehr zu stillen,
Bet ich aus Haß, es geh nach ihrem Willen!
Mehr quälen kann sie nicht der schlimmste Teufel.
Er geht ab.

Dritter Akt

Erste Szene

Britannien, ein Saal im Palast Cymbelines

Es treten mit Zeremoniell auf von einer Seite Cymbeline, die Königin, Cloten und Lords; von der andern Seite Cajus Lucius und seine Begleiter.

Cymbeline
Nun sprich, was uns Augustus Cäsar will?

Lucius
Als Julius Cäsar – des Gedächtnis noch
Lebt in der Menschen Blick; für Ohr und Zunge
Ein ewiger Gegenstand! – im Reich hier war
Und es besiegt', versprach Cassibelan,
Dein Ohm, berühmt durch Cäsars Lob, nicht minder
Als es sein Tun verdient, für sich und sein
Geschlecht Tribut an Rom, dreitausend Pfund

Jedwedes Jahr; seit kurzem hast du diesen
Nicht eingeliefert.

Königin

Und nie wirds geschehn –
Das Staunen gleich zu töten.

Cloten

's gibt viel Cäsars,
Eh solch ein Julius kommt. Britannien ist
'ne Welt für sich, und wir bezahlen nichts
Für unsre eignen Nasen.

Königin

Zeit und Glück,
Die ihnen günstig waren, uns zu drücken,
Stehn jetzt uns bei, zu weigern. – Denkt, mein Herrscher,
Der Könige Eurer Ahnen; und zugleich,
Wie die Natur umbollwerkt unsre Insel.
Sie steht, ein Park Neptuns, umpfählt, verzäunt
Mit unersteigbarn Felsen, brüllnden Fluten,
Sandbänken, die kein feindlich Fahrzeug tragen,
Nein, völlig es verschlucken, bis zum Wimpel.
Wohl ward hier Cäsarn eine Art Erobrung;
Doch ward ihm hier sein Prahlen nicht erfüllt
Von „kam und sah und siegte“; nein, mit Schmach
– Der ersten, die ihn je berührte – floh
Zweimal geschlagen er von unserm Strand;
Sein Schiffszeug, armes, unbeholfnes Spielwerk
Auf unsrer Schreckenssee, wie Eierschalen
Hob es die Brandung, und zerschellt' es leicht
An unsern Klippen. Freudig des Erfolgs,
Cassibelan, ruhmreich, einst Meister fast
– O ungetreues Glück – von Cäsars Schwert,
Erleuchtete Luds Stadt mit Freudenfeuern,
Und siegesstolz schwoll jedes Britenherz.

Cloten

Was da, es wird kein Tribut mehr gezahlt; unser Reich ist jetzt stärker als damals, und, wie gesagt, es gibt nicht solche Cäsars mehr; manche mögen noch krumme Nasen haben, aber so stämmige Arme hat keiner.

Cymbeline
Sohn, laß die Mutter reden!

Cloten
Wir haben noch manchen unter uns, der ebenso tüchtig zugreifen kann wie Cassibelan; ich will nicht sagen, daß ich einer bin, aber eine Faust hab ich auch. Warum Tribut? Warum sollen wir Tribut bezahlen? Wenn Cäsar uns die Sonne mit einem Laken zudecken kann oder den Mond in die Tasche stecken, so wollen wir ihm für das Licht Tribut zahlen; sonst Herr, kein Tribut mehr; kurz und gut!

Cymbeline
Erinnert Euch:
Bis Rom anmaßend den Tribut uns abzwang,
War frei dies Volk. Der Ehrgeiz dieses Cäsar,
So angeschwollen, daß er fast zersprengte
Den Bau der Welt, warf ohne Schein und Vorwand
Dies Joch auf uns; es wieder abzuschütteln,
Ziemt einem tapfern Volk, wie wir zu sein
Uns rühmen. Also sprechen wir zu Cäsar:
Mulmutius, unser Ahnherr, wars, der unser
Gesetz uns schuf, des Kraft der Degen Cäsars
Zu sehr verstümmelt hat; es herzustellen
Und zu befrein durch uns verliehne Macht,
Sei unsre Tugend, wenn auch Rom drum zürnt;
Mulmutius schuf unser Gesetz, der erste
Der Briten, der mit einer goldnen Krone
Die Stirne sich umgab, sich König nannte.

Lucius
So muß ich denn mit Kummer, Cymbeline,
Förmlich verkünden, daß Augustus Cäsar
– Cäsar, der Könige mehr zu Dienern hat
Als Hausgesinde du – nun ist dein Feind.
So hör von mir: Ich ruf Krieg und Zerstörung
In Cäsars Namen gegen dich; erwarte

Unaufhaltbaren Sturm. So ausgefordert
Nimm Dank für mein Teil.

Cymbeline

Sei willkommen, Cajus,
Dein Cäsar schlug zum Ritter mich, und ich
Gewann als Jüngling unter ihm viel Ehre.
Jetzt will er sie mir rauben, und ich muß
Aufs äußerste nun kämpfen, weiß auch sicher,
Daß die Pannonier und Dalmatier wacker
Für ihre Freiheit rüsten, uns ein Vorbild,
Das, nicht befolgt, die Briten furchtsam zeigte;
Das finde Cäsar nicht!

Lucius

Die Tat mag sprechen.

Cloten

Seine Majestät heißt Euch willkommen. Tut Euch hier gütlich mit uns einen Tag oder zwei oder länger; wenn Ihr uns nachher auf andre Art sucht, so werdet Ihr uns in unserm Gürtel von Salzwasser finden; wenn Ihr uns herausschlagen könnt, so ist er Euer; wenn Ihr in der Unternehmung umkommt, so finden die Krähen an Euch um so bessere Mahlzeit; und damit gut.

Lucius

Ja, Prinz.

Cymbeline

Ich weiß den Willen Eures Herrn, er meinen;
Für alles übrige: willkommen!

Alle ab.

Zweite Szene

Ein anderes Zimmer im Palast

Pisanio tritt auf einen Brief lesend.

Pisanio
Wie? Ehebruch? Weshalb denn schreibst du nicht,
Welch Scheusal sie beschuldigt? – Leonatus!
O Herr! Was für ein fremder Pesthauch goß
Sich in dein Ohr? Welch falscher Italiener
– Mit Zung und Hand vergiften sie – besiegte
Den allzu leichten Sinn dir? – Treulos? Nein!
Für ihre Treu wird sie gestraft und duldet,
Mehr einer Göttin gleich als einer Frau,
Andrang, dem wohl der meisten Kraft erläge.
O mein Herr,
Deine Gesinnung steht jetzt unter ihr
So tief als sonst dein Glück! Ich sie ermorden?
Bei Lieb und Treu und Pflicht, die deinem Dienst
Ich angelobt? – Ich, sie? – Ihr Blut vergießen?
Nennst du dies guten Dienst, nie heiße man
Mich guten Diener! Wie denn seh ich aus,
Daß ich so bar von Menschlichkeit erscheine,
So sehr, wie diese Tat es fordert?
Er liest.
"Tu es;
Gelegenheit wird ihr Befehl Dir geben,
Auf meinen Brief an sie." Verdammtes Blatt!
Schwarz, wie die Tint auf dir! Fühlloser Fetzen,
Bist Mitverschworner dieser Tat und scheinst
So jungfräulich von außen? Oh, sie kommt!

Imogen tritt auf.

Ich tu, als wüßt ich nichts von dem Befehl.

Imogen
Was gibts, Pisanio?

Pisanio
Hier ist ein Brief von meinem Herrn, Prinzessin.

Imogen
Wer? Dein Herr? Das ist mein Herr, Leonatus!
Oh, weise wär der Astronom, der so
Die Sterne kennte wie ich diese Schrift;
Ihm wär die Zukunft klar. – Ihr gütigen Götter,
Laßt, was dies Blatt enthält, von Liebe sprechen,
Vom Wohlsein, von Zufriedenheit des Gatten,
Doch nicht mit unsrer Trennung, nein, die schmerz ihn!
Denn mancher Schmerz ist heilsam, so auch dieser:
Er stärkt die Liebe. Drum Zufriedenheit,
Nur damit nicht! – Erlaube, liebes Wachs!
Gesegnet seid, ihr Bienen, die ihr knetet
Der Heimlichkeiten Schlösser! Liebende
Und Schuldbedrängte beten sehr verschieden;
Den Ausgeklagten werft ihr ins Gefängnis,
Hold riegelt ihr das Wort Cupidos ein! –
Gebt gute Nachricht, Götter!
Sie liest.
Gericht und Deines Vaters Zorn, wenn er mich auf seinem Gebiete ergriffe, könnten nicht so grausam gegen mich sein, daß Dein Blick, Geliebteste, mich nicht in das Leben zurückriefe. Wisse, daß ich in Cambria, in Milford-Hafen, bin. Was Deine Liebe Dir auf diese Nachricht raten wird, dem folge! Hiemit wünscht Dir alles Glück, der seinem Eide getreu und der Deinige bleibt in stets wachsender Liebe,

Leonatus Posthumus.

Oh, ein geflügelt Roß! Hörst du, Pisanio?
Er ist in Miltord-Hafen, lies; und sprich,
Wie weit von hier? Quält mancher sich um Nichtges
In einer Woche hin, könnt ich denn nicht
In einem Tag hingleiten? Drum, du Treuer,
Der, so wie ich, sich sehnt, den Herrn zu schaun,
Sich sehnt – doch minder –, nicht, nicht so, wie ich;
Zwar sehnt – doch schwächrer Art – nicht in der meinen;

Meine sucht jenseits Jenseit – sprich, und schnell
– Amors Vertrauter müßte des Gehörs
Eingänge rasch, bis zum Ersticken füllen –,
Wie weit es ist, dies hochbeglückte Milford;
Und nebenher, wie Wales so glücklich wurde,
Solch Hafen zu besitzen. Doch, vor allem,
Wie stehlen wir uns weg? Und wie den Riß
Der Zeit von unserm Fortgehn bis zur Rückkehr
Entschuldigen? Doch erst: wie komm ich fort?
Warum vor dem Erzeugen schon gebären
Entschuldigung? Das sprechen wir nachher.
O bitte, sprich,
Wievielmal zwanzig Meilen reiten wir
In einer Stunde?

Pisanio

Zwanzig an einem Tag
Ist Euch genug, Prinzeß, und viel zuviel.

Imogen

Ei, der zum Richtplatz ritte, Freund, er könnte
So säumen nicht; von Pferdewetten hört ich,
Wo Rosse schneller liefen als der Sand
Im Stundenglas. – Doch dies ist Kinderei.
Geh, meine Kammerfrau soll krank sich stellen
Und heim zu ihrem Vater wollen. Du
Schaff mir ein Reitkleid, besser nicht als ziemlich
Der Pächtersfrau.

Pisanio

Fürstin, bedenkt doch lieber –

Imogen

Nur vorwärts blick ich, weder rechts noch links,
Noch rückwärts; dort ist Nebel überall,
Der mir die Augen schließt. Ich bitte, fort;
Tu, was ich sage, laß so Furcht wie Hoffen;
Nach Milford einzig ist der Weg mir offen.

Sie gehn ab.

Dritte Szene

Wales, eine waldige Berggegend mit einer Höhle

Belarius tritt aus der Höhle; Guiderius und Arviragus folgen ihm.

Bellarius
Ein heitrer Tag, nicht zum Drinsitzen, wenn man
So niedres Dach wie wir hat! Bückt euch, Knaben,
Dies Tor lehrt euch, wie man zum Himmel betet:
Es beugt euch zu des Morgens heilgem Dienst.
Der Könige Tore sind so hoch gewölbt,
Daß Riesen durchstolzieren können, frech
Den Turban auf dem Kopf, ohne der Sonne
Den Morgengruß zu sagen. – Heil, du schöner Himmel!
Wir Felsbewohner sind dir wenger hart
Als Stolzbegüterte.

Guiderius
Heil, Himmel!

Arviragus
Himmel, Heil!

Bellarius
Nun an die Bergjagd: ihr zum Hügel auf,
Jung ist eur Fuß; ich bleib im Tal. Betrachtet,
Wenn ihr von dort mich klein als Krähe seht,
Daß nur der Platz verkleinert und vergrößert,
Und so durchdenkt, was ich euch viel erzählte
Von Fürstenhöfen, von des Krieges Tücken.
Der Dienst ist Dienst nicht, weil man ihn getan,
Nur wenn er so erkannt. Solch Überlegen
Zieht Vorteil uns aus allem, was wir sehn,
Und oft, zu unserm Troste, finden wir
In beßrer Hut den hartbeschalten Käfer
Als hochbeschwingten Adler. Oh, dies Leben

Ist edler, als aufwarten und geschmäht sein,
Reicher, als nichts tun und Geschenke nehmen,
Stolzer, als rauschen in geborgter Seide!
Solchen begrüßt zwar der, der ihn so putzte,
Doch wird dadurch die Rechnung nicht bezahlt.
Kein Leben gleich dem unsern.

Guiderius

Aus Erfahrung
Sprecht Ihr; wir armen Flügellosen schwangen
Uns nie noch weit vom Nest und wissen nicht,
Was draußen weht für Luft. Dies Leben mmg
Das beste sein, ist Ruh das beste Leben,
Süßer für Euch, weil Ihr ein schärfres kanntet,
Für Euer steifes Alter passend; doch
Für uns ein Käfig der Unwissenheit,
Reisen im Bett, ein Kerker, wo der Schuldner
Nicht über seine Grenze darf.

Arviragus

Wovon
Doch sprechen wir, sind wir in Eurem Alter?
Wenn draußen Wind und Regen schlägt des dunkeln
Dezembers? Wie, geklemmt in unsre Höhle,
Verschwatzen wir alsdann die frostigen Stunden?
Wir sahen nichts; wir sind nur wie das Vieh:
Schlau wie der Fuchs um Beute, wie der Wolf
Kriegrisch um unsre Atzung; unsre Kühnheit:
Jagen, was flieht. Gefangenen Vögeln gleich
Machen zum Chor wir unsern Käfig, singen
Mit Freimut unsre Knechtschaft.

Bellarius

Wie ihr sprecht!
Kenntet ihr nur den Wuchergeist der Städte
Und hättet ihn gefühlt; die Kunst des Hofes,
Der, schwer errungen, schmerzlich wird verlassen,
Wo bis zum Gipfel klimmen sichrer Fall ist,

Der Gipfel selbst so schlüpfrig, daß die Furcht
So schlimm ist wie der Fall; des Kriegs Beschwer;
Ein Mühn, das nur Gefahr zu suchen scheint
Um Glanz und Ruhm, der dann im Suchen stirbt,
Und das ein schändlich Epitaph oft nur
Als edler Tat Gedächtnis lohnt, das selbst
Durch wackres Tun verhaßt wird und, noch schlimmer,
Sich beugen muß dem Tadel. – O ihr Kinder,
Dergleichen mag die Welt an mir erkennen:
Gezeichnet ist mein Leib von Römerschwertern,
Mein Ruf stand einst den Besten obenan,
Mich liebte Cymbeline; kam auf Soldaten
Die Rede, war mein Nam in jedes Mund.
Damals glich ich dem Baum, der seine Äste
Fruchtschwer herabsenkt; doch in ***einer*** Nacht
Ward – wie ihrs nennen wollt – durch Sturm, durch Raub,
Mein reifes Obst, ja Laub selbst, abgeschüttelt,
Und kahl blieb ich dem Frost.

Guiderius

Unsichre Gunst!

Bellarius
Mein Fehl war nichts, wie ich euch oft erzählte,
Als daß zwei Buben, deren Meineid mehr
Als meine Ehre galt, dem König schwuren,
Ich sei verbunden mit den Römern. So
Ward ich verbannt; und diese zwanzig Jahr
War dieser Fels, die Waldung, meine Welt.
In edler Freiheit lebt ich hier und zahlte
Mehr fromme Schuld dem Himmel, als vorher
Die ganze Lebenszeit. – Doch, auf zum Bergwald;
Dies ist nicht Jägersprache. Wer zuerst
Ein Wild erlegt, der sei der Herr des Festes;
Die beiden andern sollen ihn bedienen,
Und wir befürchten nichts von Gift, das lauert
In glanzvoll prächtgen Räumen. Hier im Tal
Treff ich euch wieder.

Guiderius und Arviragus gehn ab.

Wie schwer, die Funken der Natur zu bergen!
Den Kindern träumt nicht, daß sie Königssöhne;
Und Cymbeline denkt nicht, daß sie noch leben.
Sie glauben, daß sie mein, und wenn gleich niedrig
Erwachsen in der engen Höhle, reicht
Ihr Sinn doch an die Dächer der Paläste,
Und die Natur lehrt sie bei schlichten Dingen
Ein fürstlich Tun, weit mehr als andre künsteln.
Der Polydor, Britanniens Erb und Cymbelines
– Guiderius nannt ihn sein Vater – Zeus!
Wenn auf dreibeinigem Stuhl ich sitz und rede
Von Kriegertat, die ich vollbracht, fliegt seine
Begeisterung in mein Erzählen; sprech ich:
So fiel mein Feind, so setzt ich meinen Fuß
Auf seinen Nacken – alsbald steigt ihm dann
Sein Fürstenblut auf in die Wang, er schwitzt
Und spannt die jungen Muskeln in der Stellung,
Die meine Schildrung malt. Der jüngre, Cadwal,
Arviragus sonst, gleich heftig in Gebärden,
Leiht Leben meinem Wort, mehr selbst erregt
Als hörend. – Horch, das Wild ist aufgescheucht! –
O Cymbeline! Gott weiß und mein Gewissen,
Wie ungerecht du mich verbanntest! Damals
Stahl ich, zwei und drei Jahr alt, diese Kinder;
Nachkommen wollt ich dir entziehn, wie du
Die Güter mir geraubt. Du säugtest sie,
Euriphile, du galtst als Mutter ihnen,
Und täglich ehren sie dein Grab; mich selbst,
Bellarius – Morgan jetzt geheißen –, halten
Für ihren Vater sie. – Die Jagd beginnt.
Er geht ab.

Vierte Szene

In der Nähe von Milford-Hafen

Imogen und Pisanio treten auf.

Imogen

Als wir vom Pferde stiegen, sagtest du,
Wir wären gleich zur Stelle. Niemals sehnte
Sich meine Mutter so nach mir, als ich jetzt –
Pisanio! Mann! Wo ist nun Posthumus?
Was ist dir im Gemüt, daß du so starrst?
Warum aus deiner innern Brust dies Ächzen?
Ein Mensch, so nur gemalt, wär jedem kenntlich
Als Bildnis des Entsetzens, ohn Erklärung.
Zeig dich in minder schrecklicher Gestalt,
Eh Wildheit meinen festen Sinn bewältigt.
Was gibt es? Warum reichst du mir dies Blatt
Mit diesem wilden Blick? Ists Frühlingskunde,
So lächle erst; ists winterlich, so paßt
Die Miene gut dazu. – Des Gatten Hand!
Italiens Gifthauch hat ihn angesteckt,
Er ist in schwerer Drangsal. Sprich, dein Mund
Mildert vielleicht das Schlimmste, das, gelesen,
Mir tödlich werden kann.

Pisanio

Ich bitte, lest,
Dann seht Ihr, daß mich armen Mann das Schicksal
Ins tiefste Elend stürzte.

Imogen

liest.

Deine Gebieterin, Pisanio, hat als Metze mein Bett entehrt; die Beweise dafür liegen blutend in mir. Ich spreche nicht aus schwacher Voraussetzung, sondern aus einem Zeugnis, so stark wie mein Gram, und so gewiß, wie ich Rache erwarte. Diese Rolle, Pisanio, mußt Du an meiner Statt spielen, wenn Deine Treue nicht durch den Bruch der ihrigen befleckt ist. Mit eigner Hand nimm ihr das Leben; ich verschaffe Dir Gelegenheit dazu bei Milford-Hafen. Sie bekommt deshalb einen Brief von mir; wenn Du Dich fürchtest, sie zu töten, und mir nicht gewisse Nachricht davon gibst, so bist Du der Kuppler ihrer Schmach und im Verrat gegen mich verbunden.

Pisanio
Was brauch ich noch mein Schwert zu ziehn? Der Brief
Durchstach ihr schon das Herz. Nein, 's ist Verleumdung,
Sie schneidet schärfer als das Schwert; ihr Mund
Vergiftet mehr als alles Nilgewürm;
Ihr Wort fährt auf dem Sturmwind und belügt
Jedweden Erdstrich: Kaiser, Königinnen,
Fürsten, Matronen, Jungfraun; ja in Grabes
Geheimnis wühlt das Natterngift Verleumdung. –
Wie ist Euch, Fürstin?

Imogen
Falsch seinem Bett? Was heißt das, falsch ihm sein?
Wachend drin liegen und an ihn nur denken?
Weinend von Stund zu Stund? Erliegt Natur
Dem Schlaf, auffahren mit furchtbarem Traum
Von ihm, erwachen gleich in Schreckenstränen?
Ist das denn falsch sein seinem Bette, ists so?

Pisanio
Ach, gute Fürstin!

Imogen
Ich falsch! Dein Wissen zeugt mir. – Jachimo,
Als du der Unenthaltsamkeit ihn zeihtest,
Da schienst du mir ein Schuft; doch find ich jetzt
Dein Aussehn leidlich gut. – 'ne römische Elster,
Die Tochter ihrer Schmink, hat ihn verführt!
Ich Ärmste, abgetan, unmodisch Kleid!
Und weil zu reich ich bin, im Schrank zu hängen,
Muß ich zerschnitten sein: In Stücke mit mir!
Der Männer Schwüre sind der Fraun Verräter!
Dein Abtall, o Gemahl, erklärt für Trugwerk,
Was gut an Männern scheint; nicht angeboren,

Nur angenommen ist es, für die Fraun
Ein Köder.

Pisanio
Hört mich, teuerste Prinzessin!

Imogen
Des bravsten Manns Erzählung galt für falsch,
Weil falsch Äneas war, in seiner Zeit;
Die frommsten Tränen schmähte Sinons Weinen,
Das wahrste Elend fand Erbarmen nicht;
So wirst du. Posthumus,
Vergiften alle Männer schöner Bildung!
Edel und ritterlich scheint falsch, meineidig,
Seit deinem großen Fall. – Komm, sei du redlich,
Tu deines Herrn Geheiß! Wenn du ihn siehst,
Meinen Gehorsam rühm ein wenig! Sieh,
Ich ziehe selbst das Schwert; nimm es und triff
Der Liebe schuldlos Wohnhaus, dieses Herz!
Zag nicht, denn alles wich dort. Gram nur blieb;
Dein Herr wohnt nicht mehr dort. Sonst war er freilich
Sein einziger Schatz. Tu sein Gebot, stoß zu! –
Du bist vielleicht bei besserm Anlaß tapfer,
Jetzt scheinst du feige.

Pisanio
Fort, du schändlich Werkzeug!
Du sollst nicht meine Hand mit Fluch beladen.

Imogen
Ach, sterben muß ich. Tuts nicht deine Hand,
So bist du nicht ein Diener deines Herrn.
Selbstmord verbietet göttlich hehre Satzung,
So daß die schwache Hand mir bebt. Hier ist
Mein Herz! Etwas davor? Halt, keine Schutzwehr!
Gehorsam wie die Scheide. – Was ist hier?
Die Schriften des rechtgläubigen Leonatus
All Ketzerei geworden? Fort mit euch,
Verfälscher meines Glaubens! Nicht mehr sollt ihr

Mein Herz umgürten! So traut falschen Lehrern
Manch armes Kind. Fühlen Betrogne auch
Den Stachel des Verrats, lebt der Verräter
Doch für noch schlimmres Weh.
Und, Posthumus, der du zum Ungehorsam
Mich gegen meinen Vater hast verleitet,
Daß manch Gesuch von fürstlichen Bewerbern
Ich höhnisch abwies, dies erkennst du einst
Als eine Tat nicht von gemeiner Art,
Nein, hoher Seltenheit, und es betrübt mich,
Zu denken, wenn du ihrer satt einst bist,
Die deine Gier jetzt nährt, wie dein Gedächtnis
Durch mich dann wird gequält sein. – Bitt dich, schnell!
Das Lamm ermutigt seinen Schlächter. Wo
Hast du dein Messer? Allzu träge bist du
Des Herrn Geheiß, zumal ichs auch begehre.

Pisanio
O gnädge Frau, seit ich Befehl empfing,
Die Tat zu tun, schloß ich kein Auge mehr.

Imogen
So tu's, und dann zu Bett.

Pisanio
Eh soll vor Wachen
Die Sehkraft mir erblinden.

Imogen
Warum denn
Gingst du es ein und maßest so viel Meilen
Unnütz, mit diesem Vorwand? Kamst hieher?
Wozu dies Tun von dir und mir? Ermüdung
Der Rosse? Zeit, dir günstig? Angst am Hofe
Um meine Flucht, wohin ich nie zurück
Zu kehren denke? Was gingst du so weit
Und zielst jetzt nicht, da du den Stand genommen,
Auf das erlesne Wild vor dir?

Pisanio

Zeit wollt ich
Gewinnen und dies böse Amt verlieren.
Indes ersann ich einen Plan; Prinzessin,
Hört mich geduldig!

Imogen

Rede, sprich dich müde!
Ich hört, ich sei 'ne Metze; nach dem Schlag,
Dem lügenhaften, gibts nicht größre Wunde;
Sie traf so tief, daß ich sie nicht ergründe.
Sprich!

Pisanio

Nun, ich dacht. Ihr ginget nicht zurück.

Imogen

Natürlich, denn du brachtest mich hieher,
Um mich zu töten.

Pisanio

Nein, gewiß, auch das nicht.
Wär ich so klug als ehrlich, führte wohl
Zum Glück mein Plan. Es kann nicht anders sein,
Mein Herr ist schändlich hintergangen worden;
Ein Schurke, ja, ein Meister seiner Kunst,
Tat an Euch beiden dies verdammte Werk.

Imogen

Wohl eine römische Dirne.

Pisanio

Nein, gewiß nicht! –
Ich geb ihm Nachricht, Ihr seid tot, und send ihm
Davon ein blutig Zeichen; denn befohlen
Ward mir auch dies; am Hof vermißt man Euch,
Und dadurch scheints gewiß.

Imogen

Doch was, du Treuer,
Tu ich indes? Wo berg ich mich? Wie leb ich?

Und was für Trost im Leben, bin ich tot
Für meinen Mann?

Pisanio

Wollt Ihr zurück zum Hof –

Imogen

Kein Hof, kein Vater und nicht längre Qual
Mit jenem rohen, dummen, stolzen Nichts,
Dem Cloten, dessen Liebeswerben furchtbar
Mir wie Belagrung war.

Pisanio

Wenn nicht am Hof,
So bleibt auch in Britannien nicht.

Imogen

Wo denn?
Hat nur Britannien Sonne? Tag und Nacht,
Sind sie nur hier? Im großen All der Welt
Scheint abseits nur Britannien, Nebenwerk,
Im großen Teich ein Schwanennest. Auch außer
Britannien leben Menschen.

Pisanio

Mich erfreuts,
Daß Ihr auf andre Orte denkt. Der Römer
Lucius, der Abgesandte, kommt nach Milford
Schon morgen; könnt Ihr Euren Sinn verdunkeln,
Wie Euer Glück ist, wollt Ihr das verbergen,
Was, wenns erschiene, immer nur Gefahr
Euch bringen würde, steht ein Pfad Euch offen,
Recht wegsam und voll Aussicht; ja, vielleicht
Führt er zu Posthumus, so nah ihm mindstens,
Daß, wenn Ihr auch sein Tun nicht sehn könnt, doch
Der Ruf es stündlich Euerm Ohr erzählt,
Der Wahrheit treu.

Imogen

O nenne mir dies Mittel!

Verletzt es Sittsamkeit nur nicht zum Tode,
So wag ichs gern.

Pisanio

Gut denn, dies ist die Sache:
Ihr müßt die Frau vergessen; müßt Befehl
In Dienst verwandeln. Scheu und Zierlichkeit,
Der Fraun Begleiterinnen, ja, vielmehr
Der Frauen zartes Selbst, in kecken Mut;
Gewandt im Spotten, trotzig, schnell von Zunge
Und zänkisch wie das Wiesel: ja. Ihr müßt
Vergessen dieses Kleinod, Eure Wangen,
Und sie – o hartes Herz! Doch muß es sein –
Der gierigen Berührung Titans bieten,
Der alles küßt; vergessen Eure schmucken,
Mühsam geflochtnen Locken, die den Neid
Der großen Juno weckten.

Imogen

Nun, sei kurz;
Ich merke deinen Zweck und bin fast schon
Ein Mann.

Pisanio

Macht erst, daß Ihr wie einer ausseht.
Dies vorbedenkend, hab ich schon bereit
In meinem Mantelsack Wams, Hose, Hut
Und allen Zubehör; so ausgestattet,
Und im erborgten Anstand eines Jünglings
So zarten Alters, stellt dem edlen Lucius
Euch vor, daß er in Dienst Euch nehme; sagt ihm,
Worin Ihr seid geschickt – das merkt er bald,
Wenn für Musik er Sinn hat –, ohne Zweifel
Nimmt er Euch gern. Er ist ein Mann von Ehre
Und – mehr gilt das – sehr fromm. Zum Leben draußen
Gebraucht, was mein ist, und es fehlt Euch nicht
Für jetzt und künftig.

Imogen

Du bist aller Trost,
Den mir die Götter gönnen. Bitte, fort:
Noch mehr ist zu bedenken; schlichten wirs,
Wie's uns die Zeit erlaubt. Dem Unternehmen
Werb ich mich an und will es auch bestehn
Mit Fürstenmut. Ich bitte dich, geh weg.

Pisanio

Prinzessin, laßt uns kurzen Abschied nehmen,
Damit, werd ich vermißt, man Eure Flucht
Vom Hof mir nicht zur Last legt. Edle Fürstin,
Dies Fläschchen nehmt! Mir gabs die Königin;
Was drin, ist kostbar; seid Ihr krank zur See,
Wohl auch zu Lande schwach, ein wenig hievon
Vertreibt die Übelkeit. – Geht dort ins Dickicht
Und schafft Euch um zum Mann. – Die Götter mögen
Zum besten Euch geleiten!

Imogen

Amen! – Dank dir!

Sie gehn ab.

Fünfte Szene

Ein Zimmer in Cymbelines Palast

Es treten auf Cymbeline, die Königin, Cloten, Lucius, Lords und Gefolge.

Cymbeline

So weit; und nun lebt wohl!

Lucius

Dank, großer König!
Mein Kaiser schrieb, und ich muß eilig fort
Und bin betrübt, daß ich Euch melden muß
Als meines Herren Feind.

Cymbeline

Es will mein Volk
Sein Joch nicht länger tragen, und ich selbst
Erschiene, zeigt ich weniger Herrscherstolz,
Unköniglich.

Lucius

Herr, so vergönnt mir denn
Geleit nach Milford-Hafen durch das Land. –
Königin, Euch wünsch ich alles Heil, und Euch!

Cymbeline

Mylords, Ihr seid zu diesem Dienst erlesen;
Versäumt der Ehre Pflicht in keinem Punkt. –
Lebt, edler Lucius, wohl!

Lucius

Prinz, Eure Hand!

Cloten

Empfangt sie freundschaftlich; doch von jetzt an
Gebrauch ich sie als Feind.

Lucius

Der Ausgang, Prinz,
Nennt erst des Siegers Namen. Lebt denn wohl!

Cymbeline

Laßt nicht den würdigen Lucius, edle Herrn,
Bis er jenseits des Severn. – Glück mit Euch!

Lucius und die Lords gehen ab.

Königin

Er geht mit finstrer Stirn; doch ehrt es uns,
Daß wir ihm Ursach gaben.

Cloten

Um so besser;
Der tapfern Briten Wunsch wird nun erfüllt.

Cymbeline
Lucius hat seinem Kaiser schon geschrieben,
Wie es hier steht. Drum ists die höchste Zeit,
Daß unsre Ross' und Wagen wir bereiten.
Die Truppen, die er schon in Gallien hat,
Sind schnell versammelt; von dort kommt sein Kriegsheer
Nach unserm Land.

Königin
Jetzt ist nicht Schlafenszeit;
Mit Kraft und Schnelle müssen wir uns rüsten.

Cymbeline
Erwartung, daß dies kommen werde, trieb uns
Zu rüsten schon. – Doch, liebe Königin,
Wo ist denn unsre Tochter? Vor dem Römer
Erschien sie nicht, versagt auch uns die Pflicht
Des Morgengrußes, ein Geschöpf, mich dünkt,
Aus Bosheit mehr geschaffen als Gehorsam.
Wir haben das bemerkt. – Ruft sie; wir waren
Zu lässig im Erdulden.

Ein Diener geht ab.

Königin
Herr und König,
Seit Posthumus' Verbannung führte sie
Ein einsam Leben; solcher Wunden Arzt
Ist nur die Zeit. Geruh Eur Majestät,
Nicht hart mit ihr zu reden; rief empfindet
Verweise sie, so daß ihr Worte Streiche
Und Streiche Tod sind.

Der Diener kommt zurück.

Cymbeline
Nun, wo bleibt sie? Was
Entschuldigt ihren Starrsinn?

Diener
Herr, vergebt,

Ihr Zimmer ist verschlossen, und es folgt
Auf unser lautstes Klopfen keine Antwort.

Königin
Sie bat mich, da ich sie zuletzt besuchte,
Bei Euch ihr einsam Leben zu entschuldgen;
Ihr Kränkeln, sprach sie, zwinge sie dazu,
So unerfüllt zu lassen ihre Pflichten,
Die sie Euch täglich schuldig sei. Sie bat mich,
Euch dies zu sagen; doch des Hofes Unruh
Macht mein Gedächtnis tadelnswert.

Cymbeline
Verschlossen
Die Tür? Sie unsichtbar? Der Himmel gebe,
Daß meine Ahnung falsch.
Er geht ab.

Königin
Sohn, folg dem König.

Cloten
Den alten Knecht, Pisanio, ihren Diener,
Sah ich zwei Tage nicht.
Geht ab.

Königin *zum Diener.*
Geh, forsche nach! –

Cloten geht ab.

Pisanio, du, des Posthumus Vertrauter! –
Er hat Arznei von mir; käm sein Verschwinden
Daher, daß er sie trank? Er glaubt, es sei
Ein kostbar Mittel. Doch, wo ist nur sie?
Vielleicht, daß sie Verzweiflung hat ergriffen,
Vielleicht, beschwingt von Liebessehnsucht, floh sie
Zu ihrem teuren Posthumus. Fort ist sie,
In Tod, in Schmach gestürzt, und meinem Zweck
Kann beides dienen. Sie nicht mehr am Leben,
Hab ich die Britenkrone zu vergeben.

Cloten kommt zurück.

Wie stehts, mein Sohn?

Cloten

's ist sicher: sie entfloh.
Geht, sprecht dem König zu, er wütet; keiner
Wagt ihm zu nahn.

Königin *für sich.*

So besser: daß der Schlag
Ihn schon entseelte vor dem nächsten Tag!

Die Königin geht ab.

Cloten

Ich lieb und hasse sie: Schön ist sie, fürstlich;
Gewählter hat sie alle Zier des Hofes
Als irgendeine Dame oder Frau;
Von jeder hat sie 's beste: so zusammen-
Gesetzt aus allen, sticht sie alle aus:
Drum lieb ich sie. Doch mich verhöhnen, sich
An diesen Knecht wegwerten, das befleckt
Ihr Urteil so, daß alles, noch so herrlich,
Daran verdirbt; und dies in ihr beschließ ich
Zu hassen, ja, und mich an ihr zu rächen.
Denn wenn Dummköpfe so –

Pisanio tritt auf.

Wer ist da? Was!
Kabalen machst du, Kerl? Hieher gekommen!
Kostbarer Kuppler du! Spitzbube, wo
Ist deine Fürstin? Schnell, sonst schick ich dich
Zu allen Teufeln hin.

Pisanio

O bester Prinz –

Cloten

Wo ist die Fürstin? Sonst, beim Jupiter! –
Ich frage nicht noch mal. Verschwiegner Schelm,

'raus dein Geheimnis aus dem Herzen, sonst
Spalt ichs und suchs. Ist sie bei Posthumus,
Aus dessen Zentner Niederträchtigkeit
Auch nicht ein Gran von Adel ist zu schmelzen?

Pisanio
Ach gnädger Herr, wie kann sie bei ihm sein?
Wann wurde sie vermißt? Er ist in Rom.

Cloten
Wo ist sie? 'raus damit, kein Stottern mehr;
Gib gründlichen Bescheid, was ward aus ihr?

Pisanio
Ach, mein sehr würdiger Prinz!

Cloten
Sehr würdiger Schuft!
Sprich, wo ist deine Herrin? Gleich sprichs aus,
Mit einem Wort – nichts mehr von würdigem Prinzen;
Sprichs aus, sonst ist dein Schweigen augenblicklich
Dein Todesurteil und dein Tod.

Pisanio
So nehmt
Dies Blatt, darauf steht alles, was ich weiß
Von ihrer Flucht.
Er gibt ihm einen Brief.

Cloten
Laß sehn! Ich lauf ihr nach
Bis vor Augustus' Thron.

Pisanio *für sich.*
Ich muß, sonst sterb ich.
Sie ist schon fern genug; was er da liest,
Bringt Mühe ihm, doch ihr Gefahr nicht.

Cloten
Ha!

Pisanio *für sich.*
Dem Herrn meld ich sie tot. O Imogen,
Glück dir, du magst nach Rom, zur Heimat gehn!

Cloten
Du, ist der Brief auch echt?

Pisanio
Soviel ich weiß.

Cloten
Es ist Posthumus' Hand, ich kenne sie. – Kerl, wenn du kein Spitzbube sein wolltest und mir treu dienen, die Geschäfte besorgen, zu denen ich Gelegenheit hätte, dich zu brauchen, mit einem wahren Eifer – das heißt, jede Schurkerei, die ich dir zu tun befehle, ausführen, geradezu und gewissenhaft –, so würde ich dich für einen ehrlichen Mann halten. Da solltest du auf meine ganze Hülfe zu deinem Besten rechnen können und auf meine Stimme zu deiner Beförderung.

Pisanio
Gut, mein edler Prinz.

Cloten
Willst du mir dienen? Denn da du so geduldig und standhaft bei dem kahlen Glück des bettelhaften Posthumus ausgehalten hast, so mußt du nach den Regeln der Dankbarkeit auch getreuer Anhänger des meinigen sein. Willst du mir dienen?

Pisanio
Ja, ich will.

Cloten
Gib mir deine Hand, hier hast du meinen Beutel. Hast du von deinem vorigen Herrn Kleider in deiner Verwahrung?

Pisanio
Ich habe eins in meiner Wohnung, Prinz; dasselbe Kleid, das er trug, als er von meiner Herrin und Gebieterin Abschied nahm.

Cloten
Der erste Dienst, den du mir tun sollst, ist, daß du mir das Kleid holst. Das soll dein erster Dienst sein. Geh!

Pisanio
Sogleich, Prinz.
Er geht ab.

Cloten
Dich in Milford-Hafen treffen – ein Ding vergaß ich noch zu fragen, ich will gleich daran denken – gerade da, du Schurke Posthumus, will ich dich umbringen. Ich wollte, die Kleider wären erst da. Sie sagte mal – die Bitterkeit davon stößt mir noch immer im Herzen auf –, daß sie das bloße Kleid des Posthumus höher achte als meine hochgeborene Person mitsamt dem Schmuck meiner Eigenschaften. In demselben Kleide will ich ihr Gewalt antun – erst ihn umbringen, und vor ihren Augen; da soll sie meine Tapferkeit sehn, und das wird eine Marter für ihren Hochmut sein. Er auf dem Boden, meine Rede voll Hohn auf seinem toten Leichnam beendigt – und wenn ich meine Lust gebüßt habe, was ich, wie ich sagte, sie zu quälen, alles in den Kleidern tun will, die sie lobte, will ich sie zum Hofe zurückprügeln, sie nach Hause treten. Es machte ihr eine rechte Freude, mich zu verhöhnen; nun will ich lustig sein in meiner Rache!

Pisanio kommt mit den Kleidern.

Sind das die Kleider?

Pisanio
Ja, mein edler Herr.

Cloten
Wie lange ists, daß sie nach Milford-Hafen ging?

Pisanio
Sie kann kaum dort sein.

Cloten
Trag diesen Anzug auf mein Zimmer. Das ist das zweite Ding, das ich dir befohlen habe; das dritte ist, daß du von Herzen gern von meiner Absicht schweigst. Sei nur dienstbeflissen, und hohe Beförderung wird dir selbst entgegenkommen. – Meine Rache wohnt jetzt zu Milford; ich wollte, ich hätte Flügel, um sie zu verfolgen. – Also, sei treu!
Geht ab.

Pisanio
Du rätst mir schlecht. Dir treu, das sei mir fern,
Das wäre Falschheit an dem treusten Herrn.
Nach Milford geh, doch mögst du nimmer schauen,
Die du dort suchst. O möge niedertauen
Auf sie des Himmels Segen! Diesen Toren
Halt Säumnis auf, sein Mühen sei verloren.
Er geht ab.

Sechste Szene

Wales. Vor Bellarius' Höhle

Imogen tritt auf in Knabenkleidern.

Imogen
Ich seh, als Mann zu leben ist beschwerlich.
Ich bin ermattet. Schon zwei Nächte war
Mein Bett die Erde, und ich wäre krank,
Hielt mich nicht aufrecht mein Entschluß. – Milford,
Als dich Pisanio mir vom Berge zeigte,
Schienst du nicht fern. O Jupiter! Ich glaube,
Gebäude fliehn den Armen, solche, mein ich,
Wo er Erquickung sucht. Zwei Bettler sagten,
Ich könne fehl nicht gehn; lügt armes Volk,
Das Leiden trägt und selber weiß, wie schwer
Als Züchtigung sie oder Prüfung lasten?
Kein Wunder, da kaum wahr der Reiche spricht.
Im Überfluß zu sündigen ist schlimmer
Als Lüg aus Not, und Falschheit zeigt sich böser
Im Könige als im Bettler. – Teurer Gatte!
Du bist der Falschen einer: denk ich dein,
Vergeht der Hunger; eben wollt ich noch
Verschmachtend niedersinken. – Was ist das?
Hier ist ein Pfad dahin. Wilde Behausung!
Am besten wohl nicht rufen; nein, ich wags nicht!
Doch macht der Hunger tapfer die Natur,

Eh er sie völlig aufreibt. Überfluß
Und Friede zeugen Memmen. Drangsal ist
Der Keckheit Mutter. – Heda! Wer ist hier?
Bist ein gesittet Wesen, sprich; bist wild,
Nimm oder gib! – Ganz still? So tret ich ein.
Doch zieh ich erst mein Schwert, und wenn mein Feind
Das Schwert nur fürchtet so wie ich, dann wagt ers
Kaum anzusehn. Oh, solchen Feind, ihr Götter!
Sie geht in die Höhle.

Bellarius, Guiderius und Arviragus treten auf.

Bellarius
Du warst der beste Weidmann, Polydor,
Und bist des Festes König; ich und Cadwal
Sind Koch und Diener. So ist unsre Ordnung;
Verderben würd und sterben Fleiß und Kunst,
Errängen sie nicht Vorzug. Kommt, der Hunger
Würzt die geringe Mahlzeit. Müdigkeit
Schnarcht auf dem Stein, und Trägheit findet hart
Das Daunenbett. Heil dir, du armes Haus,
Das selbst sich hütet!

Guiderius
Ich bin tüchtig müde.

Arviragus
Ich schwach an Kräften, doch im Hunger stark.

Guiderius
Drinnen ist kalte Kost; wir nagen dran,
Bis unser Wildbret gar.

Bellarius *in die Höhle schauend.*
Halt, nicht hinein!
Äß es von unsern Speisen nicht, so dächt ich,
Ein Elfe wäre da.

Guiderius
Was gibt es, Vater?

Bellarius
Bei Jupiter, ein Engel! Wenn nicht das,
Ein irdisch Wunderbild! Seht, Gottheit selbst
In eines Knaben Alter.

Imogen kommt zurück.

Imogen
Ihr guten Herrn, o tut mir nichts zuleide!
Eh ich hineinging, rief ich, und ich dachte
Zu betteln oder kaufen, was ich nahm.
Weiß Gott, gestohlen hab ich nichts noch tät ichs,
Fänd ich den Boden auch mit Gold bestreut.
Dies Geld hier für mein Essen, legen wollt ichs
Da auf den Tisch, sowie ich nur gesättigt,
Im Scheiden betend für den Wirt.

Guiderius
Geld, Kind?

Arviragus
Eh werde alles Gold und Silber Kot,
Wie's denn auch ist und dem nur kostbar scheint,
Der Kot als Gott verehrt.

Imogen
Ich seh. Ihr zürnt.
Wißt, wenn Ihr mich um mein Vergehen tötet,
Ich wär gestorben, wenn ichs nicht beging.

Bellarius
Wo willst du hin?

Imogen
Nach Milford.

Bellarius
Wie dein Name?

Imogen
Fidelio. Einen Anverwandten hab ich,
Der sich in Milford einschifft nach Italien;

Ich reise zu ihm; fast vor Hunger tot,
Fiel ich in diese Sünde.

Bellarius

Schöner Jüngling,
Halt uns für Wilde nicht, miß unsern Sinn
Nicht nach dem rauhen Wohnort! Sei willkommen!
Fast ist es Nacht; du sollst ein beßres Mahl
Erhalten, eh du gehst, und Dank, wenn du
Verweilst und speisest. Grüßt ihn herzlich, Jungen!

Guiderius

Wärst du ein Mädchen, würb ich stark um dich,
Doch ehrlich, dir zu dienen. So viel biet ich,
Als wollt ich dich erkaufen.

Arviragus

Mir machts Freude,
Daß Mann er ist; so lieb ich ihn als Bruder.
Und wie nach langer Trennung man den Brudee
Begrüßt, so grüß ich dich: herzlich willkommen!
Sei froh, du kamst zu Freunden.

Imogen

Ja, zu Freunden!

Warum nicht Brüder? –
Für sich.
Wärs doch so, dann hießen
Sie meines Vaters Söhn, ich sank im Preis
Und wöge gleich mit dir, mein Posthumus.

Bellarius

Ihn drückt ein Kummer.

Guiderius

Könnt ich ihm doch helfen!

Arviragus

Und ich; was es auch sei und was es koste,
Gefahr und Müh, ihr Götter!

Bellarius *flüsternd.*
Hört, ihr Kinder!

[Sie sprechen heimlich.]

Imogen *für sich.*
Die höchsten Herrn,
Von einem Hof umgeben, räumiger nicht
Als diese Höhle, die sich selbst bedienten,
Von solcher Tugend, die versiegelt würde
Durch eigenes Gewissen, ganz verzichtend
Auf nichtgen Beifall launenhafter Menge –
Sie überstrahlten nicht die zwei. Ihr Götter!
Verzeiht: Da Leonatus falsch, tauscht gern ich,
Diesen Genoß zu werden, mein Geschlecht.

Bellarius
So sei's!
Bereiten wir das Wild! – Komm, schöner Knabe!
Es spricht sich hungrig schwer; wenn wir gespeist,
Befragen wir dich höflich um dein Leben,
Soviel du sagen magst.

Guiderius
O komm herein!

Arviragus
Die Nacht ist nicht der Eul, und nicht der Morgen
Der Lerche so willkommen.

Imogen
Dank!

Arviragus
Tritt ein.

Alle treten ab.

Siebente Szene

Rom. Ein öffentlicher Platz

Es treten zwei Senatoren und Tribunen auf.

Erster Senator
Dies ist der Inhalt von des Kaisers Schreiben:
Weil die Gemeinen jetzt im Felde stehn,
Pannonien und Dalmatien zu bekämpfen,
Und die Legionen, die in Gallien liegen,
Zu schwach sind, um den Krieg zu führen gegen
Die abgefallnen Briten, wird der Adel
Für diesen Feldzug aufgerufen. Lucius
Ernennt er zum Prokonsul. Euch, Tribunen,
Erteilt er unumschränkte Vollmacht, schleunig
Die Truppen auszuheben. Heil dem Cäsar!

Tribun
Ist Lucius Führer dieses Zuges?

Zweiter Senator
Ja.

Tribun
Ist er in Gallien noch?

Erster Senator
Mit den Legionen,
Die ich genannt, die Eure Aushebung
Ergänzen muß; die Vollmacht nennt Euch noch
Die Zahl, die Euch bestimmt, sowie die Zeit
Des Aufbruchs.

Tribun
Schnell sei unsre Pflicht erfüllt.

Alle ab.

Vierter Akt

Erste Szene

Wales. Der Wald bei der Höhle des Belarius

Cloten tritt auf, allein.

Cloten
Der Platz, wo sie sich treffen sollten, muß hier in der Nähe sein, wenns Pisanio richtig bezeichnet hat. Wie gut mir seine Kleider passen! Warum sollte seine Geliebte, die von dem gemacht wurde, der den Schneider machte, mir nicht auch passen? Um so mehr, weil man zu sagen pflegt, ein Weib kommt einem zupasse, wenn man ihr aufzupassen weiß, und das ist jetzt meine Sache. Ich mag es mir selbst wohl gestehen – denn es ist keine Eitelkeit für einen Mann, mit seinem Spiegel zu Rate zu gehn; in seinem eignen Zimmer, mein ich –, der Umriß meines Körpers ist so wohlgezogen wie der des seinigen; ebenso jung bin ich, stärker, stehe nicht unter ihm in allgemeinen Glücksgütern und über ihm im Vorteil der gegenwärtigen Lage; bin höher von Geburt, ebenso bewandert im allgemeinen Kriegsdienst und preiswürdiger im Einzelkampf; und doch liebt ihn dies eigensinnige Ding mir zum Trotz. Was ist doch der sterbliche Mensch! Dein Kopf, Posthumus, der jetzt noch auf deinen Schultern steht, muß noch diese Stunde herunter; deiner Geliebten wird Gewalt angetan; deine Kleider vor deinen Augen in Stücke gerissen, und wenn das vorbei ist, trete ich sie zu ihrem Vater zurück, der vielleicht etwas böse über mein so hartes Verfahren sein wird; aber meine Mutter, die seine wunderlichen Launen ganz beherrscht, wird alles zu meinem Besten kehren. Mein Pferd ist sicher angebunden. Heraus, Schwert, zu einem grimmigen Tun! Fortuna, gib sie in meine Hand! Dies muß nach der Beschreibung gerade der Platz sein, wo sie sich treffen wollten; und der Kerl wagt nicht, mich zu hintergehen.
Er geht ab.

Zweite Szene

Vor der Höhle des Belarius

Bellarius, Guiderius, Arviragus und Imogen kommen aus der Höhle.

Bellarius *zu Imogen.*
Dir ist nicht wohl, drum bleib hier in der Höhle;
Wir kommen zu dir nach der Jagd.

Arviragus *zu Imogen.*
Bleib, Bruder!
Sind wir nicht Brüder?

Imogen
Das sollte Mensch dem Menschen immer sein;
Doch gibt sich Staub vor Staub der Hoheit Schein,
Ist beider Staub auch gleich. Ich bin recht krank.

Guiderius
Geht ihr zum Jagen, ich will bei ihm bleiben.

Imogen
So krank bin ich nicht, ist mir auch nicht wohl,
Und solch verwöhnter Städter nicht, der glaubt
Zu sterben, eh er krankt; drum geht und laßt mich,
Folgt eurem Tagsgeschäft! Gewohnheit stören
Heißt alles stören. Ich bin krank, doch hilft mir
Eur Bleiben nicht; Gesellschaft ist kein Trost
Dem Ungesellgen; ich bin nicht sehr krank,
Ich kann noch drüber reden. Laßt das Haus
Mich hüten! Nur mich selbst werd ich berauben,
Und wenn ich sterb, ists nur ein kleiner Diebstahl.

Guiderius
Ich liebe dich, ich habs gesagt, so innig,
Wie selbst den Vater nur.

Bellarius
Wie? Was ist das?

Arviragus
Ists Sünde, das zu sagen, trag ich auch
Des Bruders Schuld. Ich weiß es nicht, warum
Ich diesen Jüngling lieb. Ihr sagtet einst,
Der Liebe Grund sei grundlos. Wenn die Bahre
Hier ständ und einer müßte sterben, sprach ich:
Mein Vater, nicht der Jüngling.

Bellarius *für sich.*
Hohe Art!
O Adel der Natur, Geschlecht von Größe!
Feig stammt von Feig. Niedrig von Niedrig nur,
Mehl hat und Klei, Ungunst und Huld Natur.
Ich bin ihr Vater nicht, doch wunderlich
Bleibt es, daß sie ihn lieben über mich!
[Laut.]
Es ist des Morgens neunte Stunde.

Arviragus
Bruder,
Leb wohl!

Imogen
Glück Euch!

Arviragus
Dir Beßrung! – Wolln wir gehn!

Imogen *für sich.*
Wie freundliche Geschöpfe! Gott, wie lügt man!
Der Hof mann sagt, was nicht am Hof, sei wild:
Erfahrung, ach, du zeigst ein andres Bild!
Das tiefe Meer zeugt Ungeheur, indessen
Der Bach manch süßen Fisch uns gibt zum Essen.
Ich bin wohl krank, recht herzensmatt. – Pisanio,
Dein Mittel kost ich jetzt.
Schluckt etwas davon.

Guiderius
Nichts bracht ich 'raus,

Nur, daß er sei von Adel, doch im Elend;
Unredlich zwar gekränkt, doch redlich selbst.

Arviragus
So sprach er auch zu mir; doch sagt' er dann,
Einst würd ich mehr erfahren.

Bellarius
Fort, zum Wald! –
Wir lassen Euch indes; ruht in der Höhle!

Arviragus
Wir bleiben lang nicht aus.

Bellarius
Und sei nicht krank,
Du bist ja unsre Hausfrau.

Imogen
Wohl und übel,
Euch stets verbunden.
Geht in die Höhle ab.

Bellarius
Und das sollst du bleiben!

Imogen geht ab.

Wie kummervoll der Knab auch ist, so scheint er
Doch edlen Bluts.

Arviragus
Wie engelgleich er singt!

Guiderius
Und seine Kochkunst! Wurzeln schnitzt er zierlich
Und würzt die Brühn, als wäre Juno krank
Und er ihr Pfleger.

Arviragus
Und wie lieblich paart er
Seufzer mit Lächeln, gleich als wenn der Seufzer
Beseufzte, daß er nicht solch Lächeln sei;

Als spottete das Lächeln jenes Seufzers,
Der aus so holdem Tempel flieht, um sich
Mit Sturm zu mischen, den der Seemann schilt.

Guiderius
Ich seh Geduld und Gram beid in ihm wurzeln
Und ihre Triebe ineinander schlingen.

Arviragus
O wachse du, Geduld!
Verrotten soll Holunder Gram, gedeihn,
Befreit aus der Verschlingung, edler Wein!

Bellarius
's ist hoch am Tage! Fort. – Doch wer kommt da?

Cloten tritt auf.

Cloten
Ich finde die Landstreicher nicht; gehöhnt
Hat mich der Schuft! Nun bin ich matt.

Bellarius
Landstreicher?
Meint er nicht uns? Kenn ich ihn nicht? Es ist
Cloten, der Königin Sohn. Verrat besorg ich.
Ich sah ihn manches Jahr nicht und weiß doch,
Er ists. – Da vogelfrei wir sind: nur fort.

Guiderius
Es ist nur einer; sucht Ihr mit dem Bruder,
Was für Gesellen in der Nähe; geht,
Mit ihm laßt mich nur machen!

Bellarius und Arviragus ab.

Cloten
Halt! Wer seid ihr,
Die vor mir fliehn? Wohl tückische Waldräuber?
Man spricht davon. – Was fürn Gesindel ist das?

Guiderius
Nicht solch Gesindel, daß ich deinen Gruß
Erwidert ohne Schlag.

Cloten
Du bist ein Räuber,
Ein Spitzbub und ein Schuft: ergib dich, Dieb!

Guiderius
Wem? Dir? Wer bist du? Ist mein Arm so stark
Wie deiner nicht? Mein Herz nicht grad so stark?
In Worten bist du freilich stärker, denn
Ich trage nicht den Dolch im Mund. Wer bist du?
Weshalb mich dir ergeben?

Cloten
Niedrer Schuft,
Kennst mich an meinen Kleidern nicht?

Guiderius
Nein, Schurke,
Noch deinen Schneider, deinen Großpapa!
Der machte dir das Kleid, das, wie es scheint,
Dich macht.

Cloten
Du auserlesner Schelm, mein Schneider
Hats nicht gemacht.

Guiderius
Fort denn und danke dem,
Der dirs geschenkt. Du bist ein rechter Narr.
Mich ekelts, dich zu schlagen.

Cloten
Bösewicht,
Hör meinen Namen nur und zittre!

Guiderius
Nun?
Wie ist dein Name denn?

Cloten

Cloten, du Schurke.

Guiderius

Du Doppelschurke! Sei Cloten dein Name,
Ich zittre nicht davor; wärs Kröt, Spinn, Schlange,
Das rührte eher mich.

Cloten

Dich mehr zu schrecken,
Ja völlig zu vernichten, sollst du wissen,
Ich bin der Königin Sohn.

Guiderius

Das tut mir leid;
Du scheinst nicht edel wie dein Stamm.

Cloten

Und noch
Fürchtst du dich nicht?

Guiderius

Die ich verehre, fürcht ich,
Die Klugen; über Narren lach ich nur,
Die fürcht ich nicht.

Cloten

So stirb des Todes denn!
Wenn ich mit eignen Händen dich erschlagen,
So folg ich jenen nach, die erst geflohn,
Und auf Luds Tore pflanz ich eure Köpfe.
Ergib dich, wilder Räuber des Gebirges!

Sie gehn fechtend ab. Bellarius und Arviragus treten auf.

Bellarius

Kein Mensch ist weiter dort.

Arviragus

Nichts in der Welt; Ihr irrtet Euch in ihm.

Bellarius
Ich weiß nicht, lang ists her, seit ich ihn sah,
Doch keinen Zug des Angesichts von damals
Hat Zeit verwischt; dies abgerißne Sprechen
Und stoßweis Reden, das ist seins; ich bin
Gewiß, es ist Cloten.

Arviragus
Hier blieben sie;
Daß nur mein Bruder gut mit ihm zurechtkommt!
Ihr sagt, er ist so wild.

Bellarius
Kaum ausgebildet,
– Zum Menschen, mein ich –, nahm er auch nicht wahr,
Was Graus und Schrecken sei: so macht der Mangel
An Urteil furchtbar oft. –

Guiderius kommt zurück mit Clotens Kopf.

Doch sieh, dein Bruder!

Guiderius
Der Cloten war ein Narr, ein leerer Beutel,
Kein Geld darin. Nicht Herkules konnt ihm
Das Hirn ausschlagen, denn er hatte keins.
Hätt ich dies nicht getan, der Narr trüg meinen
Kopf jetzt, wie seinen ich.

Bellarius
Was hast getan!

Guiderius
Ich weiß wohl, was: ich schlug den Kopf Clotens ab,
Sohnes der Königin – selbst sagt er so –,
Der mich Verräter, Räuber nannt und schwur,
Daß er allein uns all hier fangen wolle,
Abnehmen unsre Köpfe, wo, gottlob,
Sie stehn, und auf Luds Zinnen stecken.

Bellarius

Weh,
Wir alle sind verloren!

Guiderius

Würdiger Vater,
Was können wir verlieren, als was er
Zu nehmen schwur: das Leben? Das Gesetz
Beschützt uns nicht; drum, weshalb schwächlich zagen,
Wenn ein hochmütiger Fleischklotz uns bedroht,
Der Richter spielt und Henker, alles selbst?
Weil das Gesetz wir fürchten? – Von Genossen
Wie viele saht Ihr?

Bellarius

Keine Seele weiter
Kann man erspähn; doch muß, vernünftgerweise,
Gefolge bei ihm sein. Ging seine Laune
Auf nichts als steten Wechsel auch, und das
Vom Schlechten nur zum Schlimmem, konnte doch
Verrücktheit, Aberwitz so rasen nicht,
Allein ihn herzubringen. Möglich wohl,
Daß man am Hof gehört, wie unsersgleichen,
Felswohner, jagen hier, als vogelfrei,
Und mit der Zeit zur Bande werden könnten.
Das hört' er wohl, brach auf – es sieht ihm gleich –
Und schwur, uns einzufangen. Doch nicht glaublich,
Daß er allein kam, weder wagt' er das,
Noch litten sie's; drum fürchten wir mit Grund,
Wenn wir den Schweif von diesem Leib für schlimmer
Noch halten als das Haupt.

Arviragus

Das Unheil komme,
Wie Gott es sendet; aber dennoch tat
Mein Bruder recht.

Bellarius

Ich hatte keine Lust

Zu jagen heut; Fidelios Krankheit machte
Den Weg mir lang.

Guiderius

Mit seinem eignen Schwert,
Das gegen meinen Hals er zückte, schlug ich
Den Kopf ihm ab; ich werf ihn in die Bucht
An unserm Fels, er schwimm ins Meer und sage
Den Fischen, er sei Cloten, Sohn der Königin,
Was kümmerts mich!
Er geht ab.

Bellarius

Ich fürcht, es wird gerächt.
O Polydor, hättst du's doch nicht getan,
Wie sehr auch Mut dich ziert!

Arviragus

Tat ich es lieber,
Wenn mich allein die Rache träfe! – Polydor,
Dich lieb ich brüderlich, doch neid ich dir
Die Tat, die du mir nahmst. Vergeltung suche,
Kann Menschenkraft ihr widerstehn, uns hier
Und fordre Antwort!

Bellarius

Nun, es ist geschehn!
Heut keine Jagd; laßt uns Gefahr nicht suchen,
Wo uns kein Vorteil winkt. Geh in den Fels,
Du und Fidelio spielt die Köch; ich warte
Hier auf den raschen Polydor und bring ihn
Zur Mahlzeit gleich.

Arviragus

Du armer, kranker Knabe!
Gern geh ich hin. Die Wangen ihm zu röten,
Ließ ich ein ganzes Dorf voll Clotens bluten
Und rühmte mich der Menschlichkeit.
Er geht ab.

Bellarius

O Göttin
Natur, wie herrlich du dich selbst verkündigst
In diesen Fürstenkindern! Sie sind sanft
Wie Zephyr, dessen Hauch das Veilchen küßt,
Sein süßes Haupt nicht schaukelnd; doch so rauh,
Wird heiß ihr Königsblut, wie grauser Sturm,
Der an dem Wipfel faßt die Bergestanne
Und sie zum Tal beugt. Es ist wundervoll,
Wie unsichtbar Instinkt in ihnen bildet
Königsgesinnung, ohne Unterricht,
Ehr, ungelehrt. Anstand, nicht nachgeahmt,
Mut, welcher wild in ihnen wächst und Ernte
Gewährt, als wär er ausgesät! Doch seltsam,
Was Clotens Kommen uns bedeuten mag
Und was sein Tod uns bringt.

Guiderius kommt zurück.

Guiderius

Wo ist mein Bruder?
Den Strom hinab mag Clotens Klotzkopf treiben,
Als Bot an seine Mutter; Geisel bleibt
Sein Leichnam bis zur Wiederkehr.

Feierliche Musik [in der Höhle].

Bellarius

Mein kunstreich Instrument! Horch, Polydor,
Es tönt! Doch weshalb spielt es Cadwal jetzt?
Horch!

Guiderius

Ist er drin?

Bellarius

Er ging erst jetzt hinein.

Guiderius

Was meint er? Seit der teuren Mutter Tode
Erklang es nicht. Nur feierlichem Anlaß

Entspricht ein feierliches Tun. Was deutets?
Triumph um nichts und Klag und Kleinigkeit
Ist Affenlust und eitler Knaben Leid.
Ist Cadwal toll?

Arviragus tritt auf und trägt Imogen wie tot in seinen Armen.

Bellarius

O sieh, da kommt er her
Und trägt der Klage bittern Grund im Arm,
Um die wir ihn geschmäht.

Arviragus

Tot ist das Vöglein,
Das wir so zärtlich pflegten. Lieber wollt ich
Von sechzehn Jahr zu sechzig überspringen
Und kräftgen Schritt mit matter Krücke tauschen,
Als dies erblicken.

Guiderius

O du süße Lilie,
Nicht halb so schön ruhst du in Bruders Arm,
Als da du selbst dich trugst.

Bellarius

Melancholie,
Wer maß je deine Tiefe, fand den Grund,
Zu raten, welche Küst am leichtesten
Der schwer beladnen Sorg als Hafen diente? –
O du gesegnet Kind! Jupiter weiß,
Welch Mann du werden konntest; ich weiß nur,
Du starbst in Schwermut, ein erlesner Knabe. –
Wie fandst du ihn?

Arviragus

Starr tot wie jetzt; so lächelnd,
Als hätt ihn eine Flieg im Schlaf gekitzelt,
Nicht so, als hätt er Todes Pfeil verlacht;
Die rechte Wang auf einem Kissen ruhend.

Guiderius
Wo?

Arviragus
Auf dem Grund, die Arme so verschränkt.
Ich dacht, er schlief; und zog die Nägelschuh
Mir ab, die allzu laut die Tritte stampften.

Guiderius
Er schläft auch nur; ist er verschieden, macht er
Sein Grab zum Bett; elbische Jungfraun schirmen
Die Gruft, und Würmer nahn dir nicht.

Arviragus
Solange
Der Sommer währt und ich hier lebe, streu ich
Aufs Grab dir schönste Blumen; fehlen soll nicht,
Die deinem Antlitz gleicht, die blasse Primel,
Noch Hyazinthe, blau wie deine Adern,
Noch Rosenblätter, die – um sie zu preisen –
Süß wie dein Atem sind. Rotkehlchen werden
Mit frommem Schnabel alles dies dir bringen,
Beschämend einen reich gewordnen Erben,
Der ohne Denkmal läßt des Vaters Grab!
Auch weiches Moos, wenn Blumen nicht mehr sind,
Für deines Leichnams Winterschmuck.

Guiderius
Hör auf
Und spiele nicht in mädchenhaften Worten
Mit dem, was ernst ist! Laß uns ihn bestatten
Und nicht verzögern mit Bewundrung so
Die Pflicht. – Zum Grab!

Arviragus
Wo legen wir ihn hin?

Guiderius
Zur guten Mutter Euriphile.

Arviragus

So sei's!
Und laß uns, Polydor, sind unsre Stimmen
Gleich männlich rauh schon, ihm das Grablied singen,
Wie einst der Mutter; gleiche Wort und Weise,
Nur statt Euriphile Fidelio.

Guiderius

Cadwal!
Ich kann nicht singen, weinend sprech ichs mit;
Denn Töne, die durch Schmerz verstimmt, sind schlimmer
Als Priesterlug im Tempel.

Arviragus

Nun, so sprich es.

Bellarius

Ein großer Schmerz heilt kleinern: ihr vergeßt
Cloten. Er war doch einer Königin Sohn;
Und kam er auch als unser Feind, bedenkt,
Er hats gebüßt. Verwest gleich hoch und niedrig
Vereint, im selben Staub, so trennt doch Ehrfurcht,
Der Engel dieser Welt, den Platz des Mächtgen
Vom Niedern. Unser Feind war Prinz, und nahmt
Ihr ihm das Leben gleich als unserm Feind,
Bestattet ihn als Fürsten.

Guiderius

Holt ihn, bitte;
Thersites' Leib ist grad so gut wie Ajax',
Sind beide tot.

Arviragus

Geht Ihr und bringt ihn her,
So sprechen wir das Lied indes. – Fang an!

Bellarius geht ab.

Guiderius

Nach Osten, Cadwal, muß sein Antlitz liegen;
Der Vater hat 'nen Grund dafür.

Arviragus

's ist wahr.

Guiderius

Komm, hilf, hier leg ihn hin!

Arviragus

So, nun fang an!

Lied

Guiderius

Fürchte nicht mehr Sonnenglut,
Noch des Winters grimmen Hohn!
Jetzt dein irdisch Treiben ruht,
Heim gehst, nahmst den Tageslohn.
Jung Mann und Jungfrau, goldgehaart,
Zu Essenkehrers Staub geschart.

Arviragus

Fürcht von Fürstenzorn nicht Not,
Dich trifft kein Tyrannenstreich;
Sorge nicht um Kleid und Brot,
Eich und Bins ist dir nun gleich.
Und König, Arzt und Hochgelahrt,
Sind all zu einem Staub geschart.

Guiderius

Fürcht nicht mehr den Flammenblitz,

Arviragus

Noch den grausen Donnerschlag,

Guiderius

Fürcht nicht Schmähung, Tadel spitz,

Arviragus

Die verstummt jetzt Lust und Klag.

Beide

Jung Liebchen, Liebster, goldgehaart,
Wird so wie du, zum Staub geschart.

Guiderius

Kein Zauberspruch beschwör dich!

Arviragus

Noch Hexenkunst verstör dich!

Guiderius

Kein irr Gespenst umschwärm dich!

Arviragus

Und nie was Böses härm dich!

Beide

Ruhiges Vergehen hab,
Und geehrt sei hoch dein Grab!

Bellarius kommt mit Clotens Leiche.

Guiderius
Die Feier ist vollbracht. Legt den hier nieder!

Bellarius
Hier sind auch Blumen; mehr um Mitternacht;
Die Kräuter, die der kalte Nachttau feuchtet,
Sind bester Schmuck für Gräber. – Auf ihr Antlitz –
Ihr wart wie Blüten, nun verwelkt; und so
Welken die Blumen, die noch blühen froh. –
Kommt nun, und abseits betet auf den Knien!
Die Erde, die sie gab, nahm sie zurück:
Hier ist ihr Leid geendet wie ihr Glück.

Bellarms, Guiderius und Arviragus gehn ab.

Imogen *indem sie erwacht.*
Ja, Herr, nach Milford-Hafen: dies der Weg? –
Ich dank Euch. – Bei dem Busch? – Wie weit ists noch? –
O jemine! – Kanns noch sechs Meilen sein? –
Ich ging die ganze Nacht: nun, ich will schlafen.
Doch still! Ein Schlafkamrad!
O all ihr Götter!
Sie sieht den Leichnam des Cloten.
Die Blumen sind wohl wie die Lust der Welt,
Der blutge Mann die Leiden drunter. – Immer

Noch Traum – das hoff ich.
So war mir auch, ich sei ein Höhlenwächter
Und Koch für wackre Leute; doch, 's ist nichts;
Es ist ein Pfeil, von nichts auf nichts geschossen,
Den unser Hirn aus Dünsten formt. Selbst Augen
Sind manchmal, wie das Urteil, blind. Fürwahr,
Ich zittre noch vor Furcht. Doch blieb im Himmel
Ein kleiner Tropfen Mitleid, winzig, wie
Ein Hänflingsaug, ihr furchtbarn Götter, davon
Ein Teilchen mir! – Der Traum bleibt immer noch;
Selbst wachend ist er außer mir wie in mir;
Nicht vorgestellt, gefühlt. Hauptlos ein Mann! –
Das Kleid des Posthumus! Oh, ich erkenne
Die Form des Beins und dies ist seine Hand,
Sein Fuß wie der Merkurs, des Kriegsgotts Schenkel,
Herkules' Arm – doch ach, sein Jovis-Antlitz? –
Im Himmel Mord? – Wie? – Ach, es fehlt. – Pisanio,
Die Flüche all, die rasend Hekuba
Den Griechen schrie, zermalmen dich mit meinen!
Du, mit Cloten vereint, dem wilden Teufel,
Erschlugst hier meinen Mann! Sei Schreiben, Lesen
Verrat hinfort! Du höllischer Pisanio!
Mit falschen Briefen – höllischer Pisanio –
Schlugst du vom schönsten Fahrzeug in der Welt
Den Hauptmast ab! O Posthumus! Weh mir!
Wo ist dein Haupt, wo ist es? Ach, wo ist es?
Pisanio konnte ja dein Herz durchbohren,
Ließ er dir nur das Haupt! Wie war es möglich?
Er und Cloten, Bosheit und Habsucht legten
Dies Weh hieher. O ja, nur zu gewiß!
Der Trank, den er mir gab und köstlich nannte
Und herzerquickend, fand ich ihn nicht mördrisch
Für meine Sinne? Das bestätigts noch:
Dies ist Pisanios Tat und Clotens. Ach!
Mit deinem Blut schmink mir die bleichen Wangen,
Daß wir so schrecklicher uns denen zeigen,

Die uns hier finden. O Gemahl, Gemahl!
Sie sinkt auf den Leichnam.

Es treten auf Lucius, Hauptleute und ein Wahrsager.

Erster Hauptmann
Die gallischen Legionen kreuzten schon
Das Meer, wie Ihr befahlt, und harren Euer
In Milford-Hafen, wo die Schiffe liegen:
Sie sind bereit.

Lucius
Was hören wir von Rom?

Erster Hauptmann
Die Edelleute und die Grenzbewohner
Hat der Senat entboten, rasche Geister,
Die edeln Dienst verheißen; und sie kommen,
Der kühne Jachimo befehligt sie,
Sieenas Bruder.

Lucius
Doch wann landen sie?

Erster Hauptmann
Mit nächstem günstigem Wind.

Lucius
Dies Eilen schafft
Uns schöne Hoffnung. Laßt die Truppen mustern,
Die hier sind; jeder Führer achte drauf. –
Nun, Freund, was träumtest du von diesem Krieg?

Wahrsager
Die Götter sandten mir die Nacht ein Zeichen,
Ich fastete und betet um Erleuchtung:
Roms Aar, der Vogel Jupiters, entschwebte
Vom feuchten Süd zu diesem Teil des West,
Wo er im Sonnenlicht verschwand. Dies deutet,
Ist nicht durch Sündlichkeit mein Schaun getrübt,
Den römschen Waffen Glück.

Lucius

Träum immer so,
Und nimmer falsch! – Still, welcher Stamm ist dies,
Beraubt des Gipfels? Diese Trümmer sprechen:
Dies war ein edler Bau einst. – Seht, ein Page! –
Tot oder schlafend auf ihm? Doch wohl tot,
Denn die Natur ergraut vor solchem Bette,
Bei Abgeschiednen, auf des Todes Stätte. –
Laßt mich des Knaben Antlitz sehn.

Erster Hauptmann

Er lebt.

Lucius

Dann gibt er Kunde von dem Leichnam. – Jüngling,
Erzähl dein Schicksal uns; denn, wie mich dünkt,
Ist es des Forschens wert: Wer ists, den du
Zu deinem blutgen Kissen machst? Wer wars,
Der, anders als Natur in Würde tut,
Dies edle Bild verstümmelt? Was verlorst du
In diesem Schiffbruch? Wie geschahs? Wer ist dies?
Wer du?

Imogen

Ein Nichts. Wenn anders, war mir besser,
Ein Nichts zu sein. Mein Herr war dieser Mann,
Er war ein tapfrer Brit und liebevoll
Und ist durch Bergbewohner hier erschlagen.
Ach, solchen Herrn gibts nicht mehr; wandert ich
Von Ost nach West und riefe laut um Dienst,
Fänd manchen, alle gut, und diente treu,
Nie träf ich solchen Herrn!

Lucius

Ach, guter Jüngling!
Du rührst mich minder nicht durch deine Klagen
Als durch sein Blut dein Herr. Wie war sein Name?

Imogen
Richard du Champ.
Für sich.
Lüg ich und schade keinem,
Wenns auch die Götter hören, hoff ich doch,
Verzeihn sie's. – Herr?

Lucius
Dein Name?

Imogen
Herr, Fidelio.

Lucius
Als solchen hast du wahrlich dich bewährt,
So treu gesinnt, bist du des Namens wert.
Willst du's mit mir versuchen? Findst du gleich
So guten Herrn nicht mehr, doch sicher einen,
Der dich nicht minder liebt. Ein Brief des Kaisers,
Mir vom Senat gesandt, empföhle dich
Nicht besser als dein eigner Wert. Komm mit mir!

Imogen
Ich folg Euch, Herr. Doch erst, gefällts den Göttern,
Berg ich vor Fliegen meinen Herrn, so tief,
Wie diese armen Schaufeln graben können.
Hab ich mit Blum und Laub die Gruft bestreut
Und hergesagt ein Hundert von Gebeten,
Zweimal, wie ich sie weiß, mit Seufzern, Tränen,
Verlaß ich seinen Dienst, um Euch zu folgen,
Wenn Ihr mich nehmen wollt.

Lucius
Ja, guter Knabe,
Und mehr dein Vater als Gebieter sein. –
Dies Kind, ihr Freunde, lehrt uns Männerpflicht.
Laßt uns den schönsten Rasenfleck erkiesen
Und ihm mit Lanz und Speer die Gruft bereiten.
Um deinethalb ist er so lieb mir, Knabe. –

Kommt, hebt ihn auf, bestattet ihn zum Grabe
Auf Kriegerart. – Erheitre deinen Blick:
Ein tiefer Fall führt oft zu höherm Glück.

Alle ab.

Dritte Szene

Ein Zimmer in Cymbelines Palast

Es treten auf Cymbeline, Lords, Pisanio und Gefolge.

Cymbeline
Fort, bringt mir Nachricht, wie es mit ihr steht!

Ein Diener geht ab.

Ein Fieber um des Sohns Abwesenheit,
Ein Wahnsinn, der dem Leben droht – O Himmel,
Wie hart schlägst du mich plötzlich! Imogen,
Mein größter Trost, dahin; die Königin
Liegt auf dem Todesbett, zu einer Zeit,
Da Krieg mir schrecklich droht; ihr Sohn verschwunden,
So unentbehrlich jetzt: es trifft mich schwer
Und hoffnungslos. – Doch du. Gesell, der sicher
Um ihre Flucht gewußt und jetzt dich stellst
Wie einer, der nichts weiß, dir wirds erpreßt
Durch Folterqual.

Pisanio
Mein Leben, Herr, ist Euer;
Demütig leg ichs Euch zu Füßen, doch,
Wo meine Herrin ist, ich weiß es nicht,
Und nicht, weshalb sie floh, noch wann sie heimkehrt.
Ich bitt Eur Hoheit, haltet mich für treu!

Erster Lord
Mein König,
Den Tag, als sie vermißt ward, war er hier.
Ich steh für seine Treu und weiß, er tut,

Was Untertanen ziemt. – Nach Cloten wird
Mit Fleiß und Eifer emsiglich gesucht,
Man findet ihn gewiß.

Cymbeline
Die Zeit ist stürmisch;
Zu Pisanio.
Für diesmal schlüpfe durch, doch schwebt Verdacht
Noch über deinem Haupt.

Erster Lord
Eur Majestät,
Die römischen Legionen sind gelandet
Von Gallien aus und werden noch ergänzt
Durch römischen Adel, vom Senat gesandt.

Cymbeline
Oh, jetzt den Rat der Königin und des Sohns!
Zu viel bricht auf mich ein.

Erster Lord
Mein edler Fürst,
Eur Heer ist minder stark nicht als der Feind,
Und kommt auch mehr, seid Ihr für mehr gerüstet.
Man braucht nur die Armee ins Feld zu stellen,
Die eifrig dies begehrt.

Cymbeline
Ich dank Euch! Kommt,
Begegnen wir der Zeit, wie sie uns sucht.
Wir fürchten nicht, was von Italien droht:
Uns quält der nächste Kummer nur. Hinweg!

Alle außer Pisanio gehen ab.

Pisanio
Kein Wort von meinem Herrn, seit ich ihm schrieb,
Daß Imogen erschlagen; das ist seltsam!
Auch hör ich nichts von ihr, die doch mir Nachricht
Versprach zu geben, kann auch nicht erfahren,
Was aus Cloten geworden; alles dies

Macht mich verwirrt. Die Götter mögen helfen!
Durch Falschheit bin ich ehrlich, treu durch Untreu.
Im Krieg zeig ich, wie ich Britannien liebe;
Der König rühme selbst mich, fall ich nicht.
Die Zeit klär, was noch dunkel ist. Das Glück
Bringt wohl ein Boot auch steuerlos zurück.
Er geht ab.

Vierte Szene

Wales. Vor der Höhle des Belarius

Bellarius, Guiderius und Arviragus treten auf.

Guiderius
Der Lärm ist ringsum.

Bellarius
Ziehn wir uns zurück!

Arviragus
Wo ist des Lebens Lust, verschließen wirs
Vor Tat und vor Gefahr?

Guiderius
Ja, was erhoffen
Wir vom Verstecken? So ermorden doch
Die Römer uns als Briten oder nehmen
Uns auf als unnatürliche Rebellen,
Gebrauchen uns und morden uns nachher.

Bellarius
Kommt höher aufs Gebirg, da sind wir sicher!
Wir dürfen nicht zum Königsheer; die Neuheit
Von Clotens Tod, wir unbekannt, gemustert
Nicht mit dem Volk, bringt uns in Untersuchung,
Wo wir gelebt; so zwingt man uns denn ab,
Was wir getan, und Eingestehn wird Tod,
Verlängt durch Qual.

Guiderius

Dies, Vater, ist Befürchtung,
Die Euch in solchen Zeiten nicht geziemt
Noch uns genügt.

Arviragus

Es ist wohl nicht zu glauben,
Daß, hören sie die römischen Rosse wiehern,
Sehn ihre Lagerfeuer, Aug und Ohr
Geblendet und betäubt durchs Wichtigste,
Daß ihnen Zeit noch bleibt, uns zu bemerken,
Zu fragen, wer wir sind.

Bellarius

Ich bin bekannt
Im Heere manchem dort; so manches Jahr,
War Cloten jung auch damals, löscht' ihn nicht
Aus dem Gedächtnis mir. Auch ist der König
Nicht meines Diensts und eurer Liebe wert.
Mein Bann war schuld, daß euch Erziehung fehlte,
Daß ihr als Wilde lebt, daß alles Glück,
Das eure Wiege euch verhieß, verschwand,
Daß euch der heiße Sommer bräunt, als Sklaven
Ihr schaudern müßt dem Winter.

Guiderius

Besser sterben
Als so zu leben! Bitte, kommt zum Heer!
Mich und den Bruder kennt kein Mensch; Ihr selbst
Seid längst vergessen, Haar und Bart entstellt Euch,
Und niemand fragt nach Euch.

Arviragus

Beim Licht der Sonne,
Ich muß dahin! Was ists, daß ich noch nie
Sah sterben einen Mann? Kein Blut erblickte,
Als feiger Hasen, hitziger Gemsen, Hirsche?
Daß ich kein Roß bestieg, als eins, das Reiter
Nur trug, wie ich bin, solche, deren Ferse

Nie Sporn und Eisen ziert'? Ich schäme mich,
Die heilige Sonne anzuschaun, die Wohltat
Des seligen Strahls zu haben und zu bleiben
Ein armes Nichts.

Guiderius
Beim Himmel, ich will gehn!
Wollt Ihr mich segnen, Herr, und mich entlassen,
Geh ich behütet; wollt Ihr aber nicht,
So falle die Gefahr als meine Schuld
Durch Römerhand auf mich!

Arviragus
So sag ich Amen!

Bellarius
Da ihr so wenig euer Leben achtet,
Was soll mit größrer Sorg ich mein verfallnes
Noch schonen? Söhne, auf! Ich geh mit euch,
Und opfert ihr fürs Vaterland das Leben,
So sei auch mir solch Todesbett gegeben. –
Für sich.
Die Zeit scheint lang. Zorn jagt ihr Blut in Flammen,
Bis es entströmt und zeugt, woher sie stammen.

Alle ab.

Fünfter Akt

Erste Szene

Britannien. Das römische Lager

Posthumus kommt mit einem blutigen Tuche.

Posthumus
Ja, blutig Tuch, dich heb ich auf; denn so
Verlangt ich dich gefärbt. Ihr Ehemänner,

Tätet ihr alle so, wie würde mancher
Ein Weib erschlagen, besser als er selbst,
Weil sie ein wenig fehlte! – O Pisanio!
Ein guter Diener tut nicht jeden Dienst;
Nur was gerecht, ist Pflicht. – Ihr Götter, straftet
Ihr meine Sünden so, dann lebt ich nicht,
Dies anzustiften, und bewahrt zur Reue
Blieb Imogen, die edle; mich indes,
Verworfnen, traf gerechter Rache. Doch
Aus Gunst entrafft um kleine Schuld ihr einen,
Daß er nicht tiefer falle; andre laßt ihr
Auf Sünde Sünde häufen, schlimmer stets,
Macht sie gefürchtet, daß sie recht gedeihn.
Doch Imogen ist Euer; tut, wie ihr wollt,
Und laßt mein Heil mich im Gehorchen finden.
Ich kam, mit römschen Rittern zu bekämpfen
Der Gattin Reich; doch ists genug, Britannien,
Daß deine Fürstin ich erschlug; sei ruhig,
Dir geb ich keine Wunde. Drum, ihr Götter,
Hört meinen Vorsatz gnädig an: Hier leg ich
Italiens Kleider ab und hülle mich
In britische Bauerntracht. So fecht ich gegen
Das Volk, mit dem ich kam, so will ich sterben,
Für dich, o Imogen, für die mein Leben,
Ja jeder Atemzug ein Tod. So weih ich
Mich unbekannt, gehaßt nicht noch beklagt,
Dem Untergang. Erkenne kühnern Geist
Jedweder Feind, als mein Gewand verheißt.
Schenkt, Götter, mir der Leonate Kraft!
Die Welt beschämend, will ich jetzt beginnen
Den neuen Brauch: schlecht außen, kostbar innen.
Geht ab.

Zweite Szene

Schlachtfeld zwischen dem britischen und dem römischen Lager

Von einer Seite kommt Lucius, Jachimo und das römische Heer; von der andern Seite das britische Heer. Leonatus Posthumus darunter als gemeiner Krieger. Sie marschieren vorüber und gehen ab, Kriegsgetümmel. Im Gefecht kommen Jachimo und Posthumus zurück; dieser besiegt und entwaffnet den Jachimo und geht dann ab.

Jachimo
Der Sünden Last in meiner Brust beraubt mich
Der Mannheit. Eine Frau verleumdet ich,
Die Fürstin dieses Reichs; zur Strafe raubt
Die Luft mir alle Kraft. Wie konnte sonst
Der Kerl, der Ackerknecht, mich so bezwingen
Im Ritterkampt? Geerbte Ehr und Würde
Trag ich nur als der Schmach und Schande Bürde.
Britannien, steht dein Adel diesem Tölpel
Voran, wie der uns Große macht zum Spott,
Sind wir kaum Männer, jeder hier ein Gott.
Er geht ab.

Die Schlacht dauert fort; die Briten fliehen; Cymbeline wird gefangen; Bellarius, Guiderius und Arviragus kommen ihm zu Hülfe.

Bellarius
Steht, steht! Des Bodens Vorteil haben wir;
Der Paß ist wohlbesetzt! Nichts macht uns wanken
Als unsrer Feigheit Schmach.

Guiderius und **Arviragus**
Steht, steht und kämpft!

Posthumus kommt und hilft den Briten; sie befreien Cymbeline und gehen ab; dann kommen Lucius, Jachimo und Imogen.

Lucius
Fort, aus dem Haufen, Knab, und rette dich;

Denn Freund schlägt Freund; Verwirrung wächst, als wäre
Krieg blind und taub.

Jachimo

Das macht die frische Hülfe.

Lucius

Das Glück hat seltsam sich gewandt; beizeiten
Laßt uns Verstärkung suchen oder fliehn.

Alle ab.

Dritte Szene

Bin anderer Teil des Schlachtfeldes

Posthumus tritt auf und ein britischer Lord.

Lord

Kommst du von dort, wo sie standhielten?

Posthumus

Ja.
Doch Ihr, so scheints, kommt von den Flüchtigen.

Lord

Ja.

Posthumus

Kein Tadel drum, denn alles war verloren;
Nur Hoffnung auf den Himmel. Der König selbst
Von seinem Schutz entblößt, sein Heer durchbrochen,
Und nur der Briten Rücken sichtbar, alle
In Flucht durch engen Paß; der Feind voll Siegslust,
Nach Blut die Zunge lechzend, mehr zur Opfrung
Vorfindend, als er Messer hatte, fällte
Die einen tödlich, andre leicht verletzt,
Noch andre fielen bloß vor Furcht; der Paß
Ward so gedämmt mit Toten, wund im Rücken,
Und Feigen, die in längrer Schmach erst sterben.

Lord
Wo war der enge Paß?

Posthumus
Beim Schlachtfeld dicht, mit aufgeworfnem Rasen;
Ein alter Krieger nahm den Vorteil wahr,
Ein Ehrenmann, das schwör ich; wohl verdient
Er langes Leben und sein Silberhaar
Durch diese Tat fürs Vaterland. Im Paß nun,
Er mit zwei Bürschchen – Kindern, mehr geeignet
Zu ländlich Wettlauf als zu solchem Morden,
Mit Angesichtern wie für Masken, schöner,
Als die verhüllt Scham oder Reiz bewahren –
Schützt' nun den Weg und rief den Flüchtgen zu:
Der britische Hirsch stirbt auf der Flucht, kein Krieger;
Zur Hölle rennt, ihr rückwärts Fliehnden! Steht,
Sonst macht ihr uns zu Römern, und wir schlachten
Wie Vieh euch, die ihr viehisch lauft; euch rettet
Ein zornig Rückwärtsschauen nur; steht, steht! –
Die Drei, dreitausend durch Vertraun und, wahrlich,
Nicht minder waren sie's durch Kraft und Tat
– Drei Helden sind das Heer, wenn alle andern
Ein Nichts sind –, mit dem Worte: Steht, steht, steht! –
Begünstigt durch den Platz, doch mehr noch zaubernd
Durch eignen Adel, der wohl wandeln konnte
Kunkel zum Speer, entflammten matte Blicke,
Erneuten Scham und Mut; und manche, feige
Durchs Beispiel nur – oh, eine Sünd im Kriege,
Verdammt im ersten Sünder! –, wandten um
Auf ihrem Weg und schäumten, Löwen gleich,
Dem Jägerspieß entgegen. Da entstand
Ein Stocken der Verfolgung, Rückzug, schnell
Verwirrung, Niederlage. Die als Adler
Dahergestürmt, entfliehn als Küchlein; Sklaven
Gehn ihren Siegsweg rückwärts. Unsere Memmen,
Wie Brocken auf bedrängter Seefahrt, wurden
Nun Rettung in der Not; die Hintertür

Der unbewachten Herzen offen findend,
O Himmel, wie nun hieben sie auf schon
Erschlagne, Sterbende, auf Freunde, die
Die vorge Woge überwälzte: zehn,
Die einer jagte; jeder ist nun jetzt
Von zwanzigen der Schlächter; die ehr sterben
Als kämpfen wollten, sind des Felds Entsetzen.

Lord
Das war seltsames Glück:
Ein enger Paß, zwei Knaben und ein Greis!

Posthumus
Wundert Euch nicht! Ihr staunt wohl lieber, hört Ihr
Von Taten, als Ihr selber welche tut.
Wollt Ihrs im Reim, als Spottgedicht? So klingts:
Ein Paß, zwei Jungen und ein Mann schon alt
Warn Briten Rettung, boten Römern Halt.

Lord
Nun, seid nicht boshaft!

Posthumus
So wars nicht gemeint.
Wer vor dem Feind nicht steht, dem bin ich Freund,
Denn, tut er seiner Art nach, sicherlich
Läßt er auch meine Freundschaft bald im Stich.
Ich komm ins Reimen schon.

Lord
Geht, Ihr seid boshaft!
Geht ab.

Posthumus
Schon wieder gehn? Das heißt ein Lord! O Held!
Fragt in der Schlacht, wie's um die Schlacht bestellt!
Wie mancher heut gab seine Ehre preis,
Den Leichnam nur zu retten! Lief davon
Und starb doch! Ich, durch eignes Leid gefeit,
Fand nicht den Tod, wo ich ihn ächzen hörte;

Fühlt ihn nicht, wo er schlug; ein scheußlich Untier –
's ist seltsam – birgt er sich im lustigen Becher,
Im sanften Bett und süßen Wort; hat mehr
Diener als uns, die seine Klingen zücken.
Sei's, dennoch fand ich ihn,
Denn, wie ich jetzt den Briten beigestanden,
Bin ich nicht Brite mehr und nehme wieder
Die Rolle auf, in der ich kam. Nicht mehr
Fecht ich und geb dem schlechtsten Bauern mich,
Der mich nur anrührt. Groß ist der Verlust,
Von Römern beigebracht; schwer muß sich rächen
Der Brite. Ich – mein Lösegeld sei Sterben,
Um Tod wollt ich auf beiden Seiten werben;
Nun soll er länger mir nicht widerstehn,
Und so vollend ichs denn für Imogen.

Es kommen zwei britische Hauptleute und Soldaten.

Erster Hauptmann
Dank allen Göttern! Lucius ist gefangen!
Man hält die Knaben und den Greis für Engel.

Zweiter Hauptmann
Ein vierter Mann war noch, im schlechten Rock,
Der auch den Feind zurücktrieb.

Erster Hauptmann
So erzählt man;
Doch alle sind verschwunden. – Halt! wer bist du?

Posthumus
Ein Römer,
Der nicht hier um sich triebe, hätten andre
Wie er getan.

Zweiter Hauptmann
Legt Hand an ihn; ein Hund!
Es soll kein Bein zurück nach Rom und sagen,
Wie hier die Krähn sie hackten. Er prahlt so,
Als wär er Großes; bringt ihn hin zum König!

Es treten auf: Cymbeline, Bellarius, Guiderius, Arviragus, Pisanio, Soldaten, Gefolge und römische Gefangene. Die Hauptleute führen Posthumus vor Cymbeline, welcher ihn einem Kerkermeister übergibt; darauf gehn alle ab.

Vierte Szene

Ein britisches Gefängnis

Posthumus tritt auf mit zwei Kerkermeistern.

Erster Kerkermeister
Jetzt stiehlt Euch keiner, Ihr seid angeschlossen;
Grast, wenn Ihr Weide habt.

Zweiter Kerkermeister
Ja, oder Hunger.

Sie gehn beide ab.

Posthumus
O seid willkommen, Ketten, denn ihr führt,
Hoff ich, zur Freiheit. Ich bin weit beglückter
Als einer, den die Gicht plagt; weil der lieber
Möcht ewig seufzen als geheilt sich sehn
Durch Tod, den sichern Arzt; er ist der Schlüssel,
Der diese Eisen löst. O mein Gewissen,
Du bist gefesselt mehr als Fuß und Hand.
Schenkt, gütge Götter, mir der Büßung Mittel,
Den Riegel aufzutun; dann ewge Freiheit!
Genügts, daß es mir leid tut? Kinder stimmen
Wohl so die irdischen Väter milde. Götter
Sind gnädiger. Muß ich bereuen denn?
Nicht besser kanns geschehen als in Ketten,
Erwünscht, nicht aufgezwängt. Genugzutun,
Ist das der Freiheit Hauptbeding, so schreibt
Nicht härtre Pfändung vor, nehmt mir mein Alles!
Ich weiß, ihr habt mehr Mild als schnöde Menschen,
Die 'n Drittel vom bankrotten Schuldner nehmen,

Ein Sechstel, Zehntel, daß am Abzug wieder
Er sich erhole; das begehr ich nicht.
Fürs teure Leben Imogens nehmt meins,
Und gilts auch nicht so viel, ists doch ein Leben.
Ihr prägtet es; man wägt nicht jede Münze,
Man nimmt auch leichtes Stück des Bildes wegen;
Ihr um so eher mich als eures. So denn,
Erhabne Mächte, wenn ihr diese meine
Schlußrechnung nehmen wollt, so nehmt mein Leben
Und reißt entzwei den Schuldbrief! Imogen!
Ich sprech zu dir im Schweigen.
Er schläft ein.

Feierliche Musik. Als Geistererscheinung treten auf Sicilius Leonatus, der Vater des Posthumus, ein Greis in kriegerischem Schmuck; er führt eine sehr alte Matrone an der Hand, seine Gattin, die Mutter des Posthumus, vor ihnen Musik. Ihnen folgen nach anderer Musik die jungen Leonate, des Posthumus Brüder, mit offenen Wunden, wie sie in der Schlacht fielen. Sie stellen sich rings um den schlafenden Posthumus.

Sicilius

Du Donnerschleudrer, kühle nicht
Am schwachen Wurm den Mut;
Den Mars bedräu und Juno schilt,
Die eifersüchtge Wut
Zur Rache reizt.
War nicht mein Sohn stets fromm und rein,
Des Blick mir nie gelacht?
Denn als ich starb, hatt ihn Natur
Noch nicht ans Licht gebracht.
Als Vater – sagt man doch, du sollst
Der Waisen Vater sein,
Warum hast du ihn nicht bewahrt
Vor dieser irdschen Pein!

Mutter

Lucina lieh mir Hülfe nicht,
Ich starb noch in den Wehn;
Posthumus mir entschnitten ward,
Mußt unter Feinde gehn,
Arm, elternloses Kind!

Sicilius

Ihn schuf Natur, den Ahnen gleich,
Edel, wie wen'ge sind,
Daß er erwarb den Preis der Welt
Als des Sicilius Kind.

Erster Bruder

Und als er nun zum Mann gereift,
Wo war im Britenland,
Der sich mit ihm vergleichen könnt?
Deshalb er Gnade fand
Vor Imogen, die seinen Wert,
Sein edles Herz erkannt.

Mutter

Was ward mit Ehglück er gehöhnt!
Verbannt zu sein, o Schmerz!
Geraubt ihm Leonatus' Gut
Und der Geliebten Herz,
Der süßen Imogen?

Sicilius

Was littst du, daß ihn Jachimo,
Italiens eitler Tor,
In eifersüchtgen Wahn verstrickt,
Daß er den Sinn verlor,
Und fremdes Bubenstück ihm Hohn
Und Täuschung aufbeschwor?

Zweiter Bruder

Drum kommen Vater, Mutter aus
Der Selgen Heiligtum.
Und wir, die für das Vaterland
Gefallen sind mit Ruhm,

Verfechtend des Tenantius Recht
In echtem Rittertum.

Erster Bruder

Mit gleichem Mut zog Posthumus
Für Cymbeline das Schwert;
Was hast du. Götterfürst, ihm nicht
Verdienten Lohn gewährt,
Und alle Gunst, die ihm gebührt,
In Leiden ganz verkehrt?

Sicilius

Tu dein kristallnes Fenster auf;
Schau her; hör unser Flehn:
Laß nicht so unrecht edeln Stamm
Durch deinen Grimm vergehn!

Mutter

O Jupiter, mein Sohn ist fromm,
Laß ihn aus Leid erstehn!

Sicilius

Schau aus dem Marmorhaus und hilf –
Wir armen Geister schrein
Sonst gegen dich zum Götterrat,
Uns Hülfe da zu leihn.

Beide Brüder

Hilf, wir verklagen sonst dich selbst,
Willst du gerecht nicht sein.

Jupiter steigt mit Donner und Blitz herab, auf einem Adler sitzend; er schleudert einen Blitzstrahl. Die Geister fallen auf die Knie.

Jupiter

Schweigt, schwache Schatten ihr vom niedern Sitz;
Betäubt mein Ohr nicht, still! – Wie wagt ihr, Geister,
Den Donnrer zu verklagen, dessen Blitz,
Rebelln zerschmetternd, kenntlich macht den Meister?
Elysiums leichte Schatten, fort, und ruht
Auf eurer nie verwelkten Blumenflur!
Kein irdisches Geschick trüb euren Mut;

Ihr wißt, nicht eure Sorg ists, meine nur.
Den hemm ich, den ich lieb; es wird sein Lohn,
Verspätet, süßer nur. Traut meiner Macht;
Mein Arm hebt auf den tief gefallnen Sohn,
Sein Glück erblüht, die Prüfung ist vollbracht.
Mein Sternlicht schien, als er zur Welt geboren;
Mein Tempel sah den Ehbund. – Auf und schwindet! –
Ihm ist nicht Fürstin Imogen verloren,
Und durch dies Leid wird mehr sein Glück begründet.
Dies Täflein legt auf seine Brust; drin spricht
Sein volles Glück aus Unser Wohlgefallen.
Und nun hinweg, daß meine Ungeduld
Nicht aufwacht, hör ich solche Klagen schallen. –
Auf, Adler, zum kristallenen Palast!
Er steigt wieder hinauf.

Sicilius
Er kam im Donner, und sein Götterhauch
War Schwefeldampf, der heilige Adler stieg
Mit Drohn hernieder; doch sein Aufschwung ist
Süß wie Elysiums Flur, der Königsvogel
Spreizt seine ewgen Schwingen, wetzt den Schnabel,
Als wär sein Gott vergnügt.

Alle
Dank, Jupiter!

Sicilius
Die Marmorwölbung schließt sich, er erreicht
Sein strahlend Götterhaus. – Fort, uns zum Heil
Vollbringt sein großes Machtgebot in Eil!

Die Geister verschwinden. [Posthumus erwacht.]

Posthumus *erwachend.*
O Schlaf, du warst mein Ahnherr und erzeugtest
Den Vater mir – auch meine Mutter schufst du,
Mein Brüderpaar; doch höhnend nur, verloren,
Schon abgeschieden, als sie kaum geboren!

So bin ich wach. – Armselge, die sich stützen
Auf Gunst der Großen, träumen, wie ich träumte,
Erwachen, finden nichts. – Irr ich vielleicht?
Wers nicht verdient noch träumend je erreicht,
Wird wohl bedeckt mit Lohn; so gehts mir hie:
Ich finde goldnes Glück und weiß nicht wie.
Was hausen hier für Feen? Ein Buch? O Kleinod!
Sei nicht wie unsre Stutzerwelt, ein Kleid,
Edler, als der es trägt; laß deinen Inhalt
Auch golden sein, ganz ungleich jetzigem Hofmann:
Halte, was du versprichst.
Er liest.
Wenn eines Löwen Junges, sich selbst unbekannt, ohne Suchen findet und umarmt wird von einem Stück zarter Luft; und wenn von einer stattlichen Zeder Äste abgehauen sind, die, nachdem sie manches Jahr tot gelegen haben, sich wieder neu beleben, mit dem alten Stamm vereinen und frisch emporwachsen: dann wird Posthumus' Leiden geendigt, Britannien beglückt und in Frieden und Fülle blühend.
Noch immer Traum, wenn nicht solch Zeug, wie Tolle
Verstandlos schwatzen; beides oder nichts:
Entweder sinnlos Reden oder Reden,
Das Scharfsinn nicht enträtselt. Sei's, was immer,
Dem Irrsal meines Lebens ist es gleich;
Sei's deshalb nur, ich heb es auf.

Ein Kerkermeister kommt zurück.

Kerkermeister
Kommt, Herr, seid Ihr für den Tod gar gemacht?

Posthumus
Eher schon zu hart gebraten; gar schon lange.

Kerkermeister
Hängen ist die Losung; wenn Ihr dafür gar seid, so seid Ihr gut gekocht.

Posthumus
Wenn mich also die Zuschauer wohlschmeckend finden, so zahlt das Gericht die Zeche.

Kerkermeister
Eine schwere Rechnung für Euch, Herr; aber der Trost ist. Ihr werdet nun nicht mehr zu Zahlungen gefordert werden, keine Wirtshausrechnung mehr zu fürchten haben, die oft das Scheiden betrübt macht, wie sie erst die Lust erweckte. Ihr kommt schwach an, weil Ihr der Speise bedürft, und geht taumelnd fort, weil Ihr ein Glas zuviel getrunken habt: traurig, weil Ihr zuviel ausgegeben; traurig, weil Ihr zuviel eingenommen habt; Kopf und Beutel leer; der Kopf um so schwerer, weil er zu leicht ist, der Beutel um so leichter, weil ihm seine Schwere abgezapft ist. Oh, alle diese Widersprüche werdet Ihr nun los. – O über die Menschenliebe eines Ptennigstricks! Er rechnet über Tausende in einem Augenblick ab; es gibt kein besseres Debet und Kredit als ihn; er ist für alles Vergangene, Jetzige und Zukünftige Entlastung; Euer Hals, Herr, ist Feder, Buch und Rechenpfennig; und so folgt der völlige Abschluß.

Posthumus
Ich bin freudiger zu sterben, als du zu leben.

Kerkermeister
Wahrhaftig, Herr, wer schläft, fühlt kein Zahnweh; aber einer, der Euren Schlaf schlafen sollte, wobei der Henker ihm ins Bett steigen hilft, ich denke, der tauschte gern seinen Platz mit seinem Aufwärter: denn seht, Ihr wißt noch nicht, welchen Weg Ihr gehen werdet.

Posthumus
O ja, Bursche, ich weiß es wohl.

Kerkermeister
Nun, dann hat Euer Tod Augen im Kopf; so habe ich ihn noch nicht gemalt gesehen. Ihr müßt Euch entweder von denen führen lassen, die behaupten, den Weg zu kennen, oder Ihr müßt Euer eigener Führer sein, da ich doch weiß. Ihr kennt den Weg nicht; oder Euch auf eigne Gefahr über alle diese Untersuchungen hinwegsetzen, und wie es Euch am Schluß gerät – nun, ich denke. Ihr kehrt niemals zurück, um irgendeinem das zu erzählen.

Posthumus
Ich sage dir, keinem fehlen die Augen, ihn auf dem Wege zu leiten, den ich jetzt gehen werde, als solchen, die die Augen zudrücken und sie nicht gebrauchen wollen.

Kerkermeister
Welch ein tausend Spaß wär das, daß ein Mensch den besten Gebrauch seiner Augen hätte, um den Weg der Blindheit zu sehen! Ich bin gewiß. Hängen ist der Weg, die Augen zuzudrücken.

Ein Bote tritt auf.

Bote
Nehmt ihm die Fesseln ab und führt Euren Gefangenen zum König.

Posthumus
Du bringst gute Botschaft; ich werde zur Freiheit gerufen.

Kerkermeister
Dann will ich mich hängen lassen.

Posthumus
Dann wirst du freier sein als ein Schließer; für den Toten gibt es keine Riegel.

Alle außer dem Kerkermeister gehen ab.

Kerkermeister
Wenn einer einen Galgen heiraten wollte, um junge Kniegalgen zu erzeugen, könnte er nicht versessener drauf sein wie der. Doch auf mein Gewissen, es gibt noch größere Schurken, die zu leben wünschen, mag dieser auch ein Römer sein, und unter ihnen gibt es auch welche, die gegen ihren Willen sterben; wie ich tun würde, wenn ich einer wäre. Ich wollte, wir wären alle einer Gesinnung, und die eine Gesinnung wäre gut; o dann würden alle Kerkermeister und Galgen aussterben! Ich spreche gegen meinen jetzigen Vorteil; aber mein Wunsch schließt eine Beförderung ein.
Er geht ab.

Fünfte Szene

In Cymbelines Zelt

Es treten auf Cymbeline, Bellarius, Guiderius, Arviragus, Pisanio, Lords, Offiziere und Gefolge.

Cymbeline
Steht mir zur Seit, ihr, die die Götter sandten

Als Stützen meines Throns. Es quält mein Herz,
Daß jener Arme, der so herrlich focht,
Des Kittel goldne Rüstungen beschämte,
Des nackte Brust sich vordrang erznen Panzern,
NNcht kann gefunden werden. Der sei glücklich,
– Wenn Unsre Huld beglückt –, der ihn entdeckt.

Bellarius
Nie sah ich solchen Heldenzorn in so
Armseligem Bild; solch fürstlich Tun in einem,
Der nur geboren schien für Bettlerangst.

Cymbeline
Und weiß man nichts von ihm?

Pisanio
Man sucht ihn unter Lebenden und Toten,
Doch fand man keine Spur.

Cymbeline
Zu meinem Kummer
Bin ich der Erbe seines Lohns;
zu Belarius, Guiderius und Arviragus.
ich füge
Ihn eurem zu, Herz, Leber, Hirn Britanniens –
Durch euch ja lebt es nur. Jetzt ist es Zeit
Zu fragen, wo ihr herstammt. Sprecht!

Bellarius
Mein König,
Aus Cambria gebürtig sind wir, adlig.
Unschicklich wär und unwahr, mehr zu rühmen;
Nur daß wir ehrlich, sag ich noch.

Cymbeline
Kniet nieder! –
Steht auf als meine Ritter von der Schlacht,
Und seid die Nächsten im Gefolge mir.
Ich geb euch Würden, eurem Stand geziemend.

Cornelius kommt mit den Hofdamen.

Ernst spricht aus aller Blick. Warum so traurig
Begrüßt Ihr unsern Sieg? Ihr blickt gleich Römern,
Nicht wie vom britischen Hof.

Cornelius

Heil, großer König!
Eur Glück zu trüben, muß ich dir den Tod
Der Königin melden.

Cymbeline

Wem steht solche Botschaft
Wohl schlechter als dem Arzt? Jedoch ich weiß,
Arznei verlängt das Leben wohl, doch rafft
Der Tod zuletzt den Arzt auch hin. – Wie starb sie?

Cornelius

Im Wahnsinn, schauderhaft, wie sie gelebt;
Grausam der Welt im Leben, starb sie auch
Grausamen Todes. Was sie hat bekannt,
Meld ich, wenn Ihr befehlt, und diese Frauen,
Sie mögen, irr ich, mich der Lüge zeihen;
Sie sahen, feuchten Blicks, ihr Ende.

Cymbeline

Sprich!

Cornelius

Zuerst bekannte sie, sie liebt' Euch nie;
Durch Euch erhöht sein war ihr Ziel, nicht Ihr;
Nur Eurem Thron war sie vermählt als Gattin,
Euch selber hassend.

Cymbeline

Sie nur konnt es wissen;
Und sprach sie's sterbend nicht, so glaubt ichs nimmer
Selbst ihren eignen Lippen. – Fahre fort!

Cornelius

Und Eure Tochter, der sie trügerisch
So große Liebe zeigte, sie bekannt es,
War ein Skorpion im Aug ihr; und sie wollte –

Nur daß die Flucht sie hinderte – mit Gift
Ihr Leben tilgen.

Cymbeline
O du listger Teufel!
Wer kann ein Weib durchschaun? – Weißt du noch mehr?

Cornelius
Und Schlimmres! Sie gestand, daß sie für Euch
Ein tödlich Mittel habe, das, genommen,
Minutenweis' am Leben zehrt und langsam
Euch zollweis' töten sollt, indessen sie
Durch Wachen, Weinen, Pfleg und Zärtlichkeit,
Durch falschen Schein Euch täuschte – ja die Zeit,
Indem ihr Mittel auf Euch wirkte, nützte,
Um ihrem Sohn die Krone zu versichern.
Da nun ihr Zweck durch sein Verschwinden fehlschlug,
Erfaßte sie schamlos Verzweifeln; Menschen
Und Gott zum Trotz gestand sie ihre Absicht;
Bereute, daß das Unheil nicht gereift,
Und starb in Wut.

Cymbeline
Ihr Fraun vernahmt dies auch?

Hofdame
So ist es, hoher König.

Cymbeline
Meine Augen
Sind ohne Schuld, denn sie war schön, mein Ohr,
Das sie mit Schmeichelei erfüllt, mein Herz,
Das ihrem falschen Schein getraut. Nur Laster
Konnt Argwohn fassen. – Aber, o mein Kind!
Daß ich ein Tor gewesen, darfst du sagen:
Dein Unglück hats bestätigt. Helf der Himmel! –

Es treten auf Lucius, Jachimo, der Wahrsager und andere römische Gefangene mit Wachen; Posthumus hinterdrein und Imogen.

Jetzt kommst du nicht, Tribut zu fordern, Cajus;
Den hat Britannien ausgetilgt, wenn auch
Durch manches Tapfern Tod; und deren Freunde
Verlangen Sühnung ihrer Geister durch
Die Tötung der Gefangnen, was ich ihnen
Bewilligt: So erwäge dein Geschick.

Lucius
Bedenk des Krieges Wechsel! Nur durch Zufall
War dein der Sieg; und wär er uns geworden,
Bedrohten wir mit kaltem Blute nicht
Die Kriegsgefangenen. Doch da die Götter
Es also wollten, daß nur unser Leben
Als Zahlung gilt, so sei es denn! – Man weiß,
Ein Römer kann mit Römerherzen dulden;
Augustus lebt und rächt es einst. So viel,
Was mich betrifft. Dies eine nur will ich
Von Euch erbitten noch: Nehmt Lösung an
Für meinen Knaben, dieses Landes Sohn!
Kein Herr hatt einen Pagen je, so sanft,
So pflichtergeben, aufmerksam und fleißig,
So allerwege treu, so weiblich pflegsam;
Mög sein Verdienst mit meiner Bitte sprechen,
Ihr könnt sie, edler König, nicht versagen.
Er kränkte keinen Briten, war er Diener
Auch eines Römers. Ihn verschont und spart
Kein Blut sonst.

Cymbeline
Sicher hab ich ihn gesehn;
Sein Antlitz scheint mir wohlvertraut. – Mein Knabe,
Es hat dein Blick sich mir ins Herz gesenkt,
Und du bist mein. – Mich treibts, ich weiß nicht wie,
Zu sagen: Lebe! – Dank nicht deinem Herrn,
Und fordre, was du willst von Cymbeline;
Ziemts meiner Güt und deinem Stand, gewähr ichs;
Ja, wenn du auch von den Gefangnen forderst
Den edelsten.

Imogen

In Demut dank ich Euch.

Lucius

Nicht bitt ich, daß du sollst mein Leben fordern;
Doch weiß ich, liebes Kind, du wirst.

Imogen

Ach nein:
Um ganz was anders handelt sichs; da seh ich,
Mir Bittres wie der Tod: Eur Leben, Herr,
Muß selbst sich umtun.

Lucius

Mich verschmäht der Knabe,
Verläßt, verspottet mich. Wie schnell verschwindet
Ein Glück, das sich auf Knab und Mädchen gründet. –
Was steht er so erstarrt?

Cymbeline

Was willst du, Knabe?
Mehr lieb ich dich und mehr; denk mehr und mehr,
Was du gern hättest. Kennst du, den du anschaust?
Willst du sein Leben? Ists dein Freund? Verwandter?

Imogen

Er ist ein Römer, mir nicht mehr verwandt
Als ich Eur Hoheit; doch ich steh Euch näher
Als Untertan.

Cymbeline

Was schaust du ihn so an?

Imogen

Ich sag es Euch geheim, wenn Ihr geruht,
Mich anzuhören.

Cymbeline

Ja, von ganzem Herzen,
Und bin für dich ganz Ohr. Wie ist dein Name?

Imogen
Fidelio, Herr.

Cymbeline
Du bist ein wackrer Knabe;
Ich will dein Herr sein: komm nur und sprich frei!

Cymbeline und Imogen sprechen heimlich.

Bellarius
Ist er vom Tod erstanden, dieser Knabe?

Arviragus
Ein Sandkorn sieht dem andern nicht so gleich:
Das rosige Kind, Fidelio, der doch starb –
Was meint ihr?

Guiderius
Ganz dasselbe Wesen lebend.

Bellarius
Still! Er sieht uns nicht an; seid ruhig, wartet!
Wohl gleichen Menschen sich, und wenn ers wäre,
So spräch er auch mit uns.

Guiderius
Wir sahn ihn tot.

Bellarius
Schweigt, warten wir es ab!

Pisanio *für sich.*
's ist meine Herrin!
Nun, da sie lebt, mag kommen, was da will,
Gut oder schlimm!

Cymbeline und Imogen treten vor.

Cymbeline
Komm, stell dich neben mich,
Tu deine Fragen laut! –
Zu Jachimo.
Du da, tritt vor,

Gib Antwort diesem Knaben, und sprich offen,
Sonst, bei der Majestät und ihrer Gnade,
Der Wir Uns rühmen, sollen schwere Foltern
Wahrheit und Lüge scheiden. –
[Zu Imogen.]
Sprich zu ihm.

Imogen
Ich bitte, daß der Edelmann uns sage,
Wer ihm den Ring gab.

Posthumus *für sich.*
Was kann ihn das kümmern?

Cymbeline
Der Diamant an deinem Finger, sprich,
Wie ward er dein?

Jachimo
Du solltest foltern mich, daß ungesagt blieb,
Was ausgesprochen foltert dich.

Cymbeline
Wie, mich?

Jachimo
Erwünscht ist mir der Zwang, das auszusprechen,
Was mich im Schweigen quält. Durch Schurkerei
Ward mir der Ring, einst Leonatus' Kleinod,
Den du verbanntest; und – dies peinge dich
Mehr als mich selbst – nie lebt' ein beßrer Mann
Auf weiter Erde. Willst du mehr noch hören?

Cymbeline
Das Nötige.

Jachimo
Der Engel, deine Tochter,
Um die mein Herz Blut weint, die falsche Seele
Mir schwach wird, denk ich dran – Verzeiht, ich sinke –

Cymbeline
Mein Kind! Was ist mit ihr? Ermanne dich:
Eh sei dir Leben, bis Natur es endet,
Als daß du schweigend stirbst; steh auf und rede!

Jachimo
Zu einer Zeit – unselig war die Glocke,
Die jene Stunde schlug! – in Rom – verflucht
Das Haus! – bei einem Fest – o wären Gift
Die Speisen doch gewesen, die ich aß!
Der gute Posthumus – gut sag ich? Freilich,
Zu gut, mit bösen Menschen zu verkehren;
War er doch selbst bei Auserwählten, Höchsten,
Der Beste aller. Ernsthaft saß er, hörte,
Wie die Geliebten unsers Lands wir priesen,
Um Schönheit, die den höchsten Schwung erlahmte
Des, der am besten sprach, und um Vollendung,
Daß Venus und Minerva ward verdunkelt,
Bildwerke die Natur beschämen – und
Um Geistesadel, alle Wundergaben,
Um die man Weiber liebt, den Reiz dazu,
Des Herzens Angel, der die Augen trifft –

Cymbeline
Ich steh auf Feuer, komm zur Sache nun!

Jachimo
Zu bald, wenn du nicht bald dir Kummer wünschst. –
Er, Posthumus, in Liebe hochgesinnt,
Fürstlich geliebt, sprach nun in solcher Würde;
Und nicht mißpreisend, die wir priesen – darin
Wie Tugend mild –, begann er seiner Herrin
Gemälde, das, wie seine Zung es schuf
Und ihm dann Seele gab, uns prahlen hieß
Von Küchenmägden, oder seine Schildrung
Zeigt' uns als redelose Toren.

Cymbeline

Nun
Zur Sache doch!

Jachimo

Die Keuschheit Eurer Tochter – hier beginnts:
Er sprach, als hätt Diana üppige Träume,
Und sie allein sei kalt; worauf ich Schurke
Sein Lob verhöhnt und mit ihm Wette spielte,
Goldsummen gegen das, was damals trug
Sein ehrenvoller Finger, durch Verführung
Und seine Schmach den Ring hier zu gewinnen,
Durch Ehebruch mit ihr; er, echter Ritter,
Der ihrer Ehre minder nicht vertraute,
Als ich sie wahrhaft fand, setzt' diesen Ring
Und hätts getan, wars ein Karfunkel auch
An Phöbus' Rad, und konnt es sicher, galts
Den Wert ganz des Gespanns. Fort, nach Britannien
Eil ich deshalb – Ihr mögt Euch wohl erinnern
Am Hofe mein, wo Eure keusche Tochter
Den großen Unterschied von Lieb und Unzucht
Mich lehrte. So, im Hoffen, nicht im Wünschen
Erstickt, fing an mein welsches Hirn zu wirken
In Eurer schweren Luft, höchst niederträchtig,
Doch herrlich meinem Nutzen. Und, in Kürze:
Durchaus gelang mein Kunststück, daß ich kehrte
Mit Scheinbeweisen, gnug, um toll zu machen
Den edlen Leonatus, schwer verwundend
Sein fest Vertraun in ihrer Tugend Ruhm
Durch die und jene Zeichen! Ich beschrieb
Gemälde, Teppiche, zeigt ihr Armband ihm
– O List, die mirs gewann! – und nannt ein heimlich
Merkmal an ihrem Leib. Er mußte glauben,
Vernichtet sein die Pflichten ihrer Keuschheit
Und ich Besitzergreifer. Nun hierauf –
Mich dünkt, ich seh ihn jetzt –

Posthumus *hervortretend.*

Ja, also ists,
Du welscher Teufel! – Weh! Leichtgläubig war ich,
Tor, schlimmer Mörder, Dieb, ja alles, was
Nur Schurken schimpft der Vorzeit, Gegenwart
Und Zukunft! – Gebe Strick mir, Messer, Gift
Ein biedrer Richter! König, sende fort
Nach ausgesuchten Foltern: Ich bin der,
Der alles, was die Welt verabscheut, adelt,
Da weit verworfner ich! Ich, Posthumus,
Bins, der dein Kind erschlug – ich lüge bübisch:
Der einem niedrem Schurken als ich selbst,
'nem Kirchenschänder diesen Mord befahl.
Der Tugend Tempel war sie, Tugend selbst!
Wirf Stein' und Kot auf mich und spei mich an,
Laß hetzend auf mich los der Straßen Hunde,
Geschimpft sei jeder Bube Posthumus,
Und jede andre Büberei sei Ruhm! –
O Imogen!
Mein Weib, mein Leben, meine Königin!
O Imogen! Imogen! Imogen!

Imogen

Still, Herr, hört –

Posthumus

Ist hier ein Schauspiel? Du vorwitzger Page,
Da liege deine Rolle.

Er schlägt sie, sie fällt hin.

Pisanio

Helft, Ihr Herrn!
Helft mein und Eurer Fürstin! – Posthumus!
Erst jetzt erschlugst du Imogen! – Helft, helft! –
O teure Fürstin!

Cymbeline

Dreht die Welt sich um?

Posthumus
Wie kommt mir solch Verwirrung?

Pisanio
O erwacht doch!

Cymbeline
Ists wahr, so wollen mich die Götter töten
Mit Todesfreuden!

Pisanio
Wie geht es, Fürstin?

Imogen
Geh mir aus den Augen,
Du gabst mir Gift. Fort, du heimtückischer Mensch,
Und atme nicht, wo Fürsten sind.

Cymbeline
Es ist
Die Stimme Imogens.

Pisanio
Herrin, es möge
Zerschmettern mich der Götter Donnerkeil,
Wenn ich das Fläschchen nicht, das ich Euch gab,
Für heilsam hielt; mir gabs die Königin.

Cymbeline
Noch etwas Neues?

Imogen
Mir wars Gift.

Cornelius
O Himmel!
Eins, was die Königin noch gestand, vergaß ich;
Das rettet deine Ehre. Gab Pisanio,
Sprach sie, das Fläschchen seiner Herrin, das
Ich als Arznei ihm schenkt, ist sie bedient,
Wie Ratten man bedient.

Cymbeline

Wie das, Cornelius?

Cornelius

Die Königin, mein Fürst, drang oft in mich,
Ihr Gift zu mischen; Trieb nach Wissenschaft
Gab sie stets vor und sprach, sie wolle töten
Nur niedrige Geschöpf, als Katzen, Hunde,
Die man nicht schont; ich, fürchtend, daß ihr Anschlag
Auf Größres ziele, mischt ihr einen Trank,
Der, eingenommen, augenblicklich hemmt
Die Lebensgeister; doch nach kurzer Zeit
Erwachen alle Kräfte der Natur
Zum vorigen Dienst. – Habt Ihr davon genommen?

Imogen

Gewiß; denn ich war tot.

Bellarius

Das, meine Söhne,
War unser Irrtum.

Guiderius

Ja. es ist Fidelio!

Imogen

Wirfst du so weg dein angetrautes Weib?
Denk, daß du auf 'nem Felsen stehst, und wirf
Mich wieder fort.
Sie umarmt Posthumus.

Posthumus

Häng hier als Frucht, mein Leben,
Bis der Baum stirbt.

Cymbeline

Wie nun, mein Fleisch, mein Kind,
Machst du zum Gaffer mich in diesem Spiel?
Hast du kein Wort für mich?

Imogen *vor ihm kniend.*
Herr, Euren Segen!

Bellarius *zu Guiderius und Arviragus.*
Daß Ihr den Jüngling liebtet, tadl ich nicht;
Ihr hattet Grund.

Cymbeline
Sei dieser Tränenguß
Geweihtes Wasser dir! O Imogen,
Tot ist die Mutter.

Imogen
Es tut mir weh, mein Vater.

Cymbeline
O sie war bös, und ihre Schuld allein
Ists, daß wir so uns wiedersehn. Ihr Sohn
Ist fort, wir wissen nicht, wohin.

Pisanio
Mein König,
Jetzt, frei von Furcht, verhehl ich nichts. Prinz Cloten
Kam, als die Fürstin man vermißt, zu mir
Mit bloßem Schwert und schäumt' vor Wut und schwur,
Entdeckt ich ihm nicht gleich, wohin sie floh,
So wärs im Augenblick mein Tod. Durch Zufall
Hatt ich 'nen falschen Brief von meinem Herrn
In meiner Tasche; dieser gab ihm an,
Bei Milford in den Bergen sie zu suchen.
Dahin, voll Wut, in meines Herren Kleidern,
Die er von mir erzwang, ging er in Eil,
Mit bösem Vorsatz; meiner Herrin Ehre
Schwur er zu rauben. Was aus ihm geworden,
Erfuhr ich nicht.

Guiderius
So schließ ich die Erzählung:
Ich hab ihn dort erschlagen.

Cymbeline

Gott verhüt es,
Daß deinen edlen Taten meine Zunge
Ein hartes Urteil sprechen soll; ich bitte,
Verleugn es, tapfrer Jüngling!

Guiderius
Ich sagt es, und ich tats.

Cymbeline

Er war ein Prinz.

Guiderius
Ein sehr unhöflicher; wie er mich schmähte,
Das war nicht prinzlich, denn er reizte mich
Mit Worten, brüllte wie das Meer mich an,
Ich böt ihm Trotz. Den Kopf schlug ich ihm ab
Und freue mich, daß er nicht hier kann stehn,
Von meinem dies erzähln.

Cymbeline

Ich klag um dich;
Dein eignes Wort verdammt dich, das Gesetz
Heißt Tod; du stirbst!

Imogen

Den Leichnam ohne Haupt
Hielt ich für meinen Gatten.

Cymbeline

Bindet ihn,
Führt den Verbrecher fort!

Bellarius

Halt ein, Herr König!
Weit besser ist der Mann als der Erschlagne:
Er ist soviel als du und hat um dich
Verdient mehr, als wofür ein Haufen Clotens
Je Narben wagte. –
Zu dem Wächter.

Laßt die Arm ihm frei,
Sie sind für Bande nicht!

Cymbeline
Ha, alter Krieger,
Willst du noch ungelohnt Verdienst dir rauben
Und Unsern Zorn erregen? Soviel wär er
Als selber Wir?

Arviragus
Darin ging er zu weit.

Cymbeline
Er stirbt dafür.

Bellarius
Wir sterben alle drei,
Wenn ich nicht zeig: zwei von uns sind so vornehm,
Wie ich gesagt. – Geliebte Söhn, ich muß
Ein Wort enträtseln, das gefährlich mir,
Doch glücklich ist für euch.

Arviragus
Was Euch gefährlich,
Ists uns.

Guiderius
Und unsres. Euer Glück.

Bellarius
Sei's so! –
Erlaube denn:
Du hattest, König, einen Untertan,
Er hieß Bellarius.

Cymbeline
Was von ihm? Verbannt
Ward der Verräter.

Bellarius
Er ists, der dies Alter

Erreicht hat. Freilich ein verbannter Mann;
Ich weiß nicht, wie Verräter!

Cymbeline

Fort mit ihm!
Ihm hilft nichts in der Welt mehr.

Bellarius

Nicht zu hitzig!
Erst zahle mir die Kost für deine Söhne,
Und alles sei verfallen gleich, wie ichs
Empfangen habe.

Cymbeline

Kost für meine Söhne?

Bellarius

Ich bin zu kühn und dreist. Hier knie ich nieder
Und steh nicht auf, eh ich die Söhn erhoben;
Dann schone nicht den Alten! Großer König,
Die beiden edeln Knaben, die mich Vater
Genannt, sich meine Söhne, sind nicht mein;
Sie sind die Sprossen deines Stamms, mein Lehnsherr,
Und Blut von deinem Blut.

Cymbeline

Wie, mir entsprossen?

Bellarius

Wie deinem Vater du. Ich alter Morgan
Bin der Bellarius, den du einst verbannt.
Dein Will allein war meine Sünd und Strafe;
Dies mein Verrat; daß ich so dulden mußte,
War mein Verbrechen. Diese edeln Prinzen,
Sie sind es wahrlich, hab ich auferzogen
Seit zwanzig Jahren, und ihr Wissen ist,
Wie ich es lehren konnte; meine Bildung
Kennt Ihr. Euriphile, die Wärterin,
Die für den Raub ich freite, stahl die Kinder,
Als ich gebannt; ich reizte sie dazu,

Da ich vorher die Straf empfing für das,
Was ich nachher verübt. Für Treu geschlagen,
Ward ich dadurch Verräter. Ihr Verlust,
Je mehr von Euch gefühlt, entsprach so mehr
Der Absicht meines Raubs. Huldreicher Herr,
Nimm deine Söhne hier, verlier ich auch
Die holdesten Gefährten von der Welt.
Des Himmels vollster Segen tau herab
Auf ihre Häupter, denn sie sind es wert,
Den Himmel auszuschmücken mit Gestirnen.

Cymbeline
Du weinst und redest. Was ihr drei im Kriege
Vollbracht, ist Wunder mehr als dein Erzählen.
Geraubt sind meine Kinder; sind es diese,
Kann ich mir nicht zwei beßre Söhne wünschen.

Bellarius
Geduld ein Weilchen. –
Der Jüngling, den ich Polydor genannt,
Ist Prinz Guiderius, Euer edler Sohn;
Mein Cadwal, dieser Jüngling, Arviragus,
Eur jüngster Prinz; er war in einen Mantel
Gehüllt, künstlich gewebt von eigner Hand
Der Königin, seiner Mutter, den als Merkmal
Ich leicht dir zeigen kann.

Cymbeline
Guiderius hatte
Ein Mal am Hals, so wie ein blutger Stern:
Es war ein seltsam Zeichen.

Bellarius
Dieser trägt
Noch jenen Stempel der Natur an sich;
Sie gab ihm dies aus weiser Vorsicht mit,
Sein Zeugnis jetzt zu sein.

Cymbeline

Bin ich so Mutter
Von dreien Kindern? Nie war eine Mutter
So froh nach der Geburt. – O seid gesegnet,
Daß, wie ihr seltsam eurem Kreis entwicht,
Ihr jetzt drin herrschen mögt! – O Imogen!
Dadurch hast du ein Königreich verloren.

Imogen
Mein Vater, nein; zwei Welten so gewonnen! –
O liebste Brüder, trafen wir uns so?
Sagt künftig nie, daß ich nicht wahrer spreche:
Ihr hießt mich Bruder, und ich war nur Schwester;
Ich nannt euch Brüder, die ihr wirklich waret.

Cymbeline
Habt ihr euch schon gesehn?

Arviragus

Ja, teurer König.

Guiderius
Und liebten uns beim ersten Blick, beharrten
Im Lieben, bis wir ihn gestorben wähnten.

Cornelius
Vom Trank der Königin.

Cymbeline

Wunder des Instinkts!
Wann werd ich alles völlig hören? Dies,
Nur roher Abriß, muß sich doch verzweigen
In Einzelzügen, an Bedeutung reich.
Wo habt ihr, wie habt ihr gelebt, wie kamst du
In unsres römischen Gefangnen Dienst?
Wie fandest, wie verließest du die Brüder?
Weshalb entflohst vom Hof du und wohin?
Auch was euch drei zur Schlacht getrieben hat,
Und was weiß ich noch mehr, muß ich erfragen;
Die Nebensachen all, wie sichs begeben,

So Stück für Stück. Doch weder Zeit noch Ort
Paßt für so lang Verhör. Seht Posthumus,
Wie er vor Anker liegt bei Imogen,
Und sie, wie Wetterleuchten, wirft ihr Auge
Auf ihn, die Brüder, mich, den römischen Herrn,
Auf alle freudenvoll; in jedem spricht
Entzücken anders. Gehn wir denn von hier,
Und fülle Weihrauchduft die Tempelhallen. –
Zu Bellarius.
Du bist mein Bruder; der sollst du mir bleiben.

Imogen
Ihr seid mein Vater auch. Ihr halfet mir,
Daß ich dies Heil noch seh.

Cymbeline
Es jauchzt nun alles,
Nur die in Ketten nicht; sie mögen auch
Sich freuen Unsrer Milde.

Imogen *[zu Lucius.]*
Lieber Herr,
So leist ich Euch noch Dienst.

Lucius
Seid glücklich denn!

Cymbeline
Der tapfre Krieger, den wir noch vermissen,
Er hätte diesen Kreis geziert, vollkommen
Des Königs Dank gemacht.

Posthumus
Ich bin, mein Fürst,
Der Krieger, der mit diesen dreien kämpfte
In armer Tracht, wie sie der Absicht ziemte,
Die damals ich verfolgte. – Daß ichs war,
Sagts, Jachimo, Ihr lagt vor mir am Boden,
Erschlagen konnt ich Euch.

Jachimo *vor ihm kniend.*
Hier lieg ich wieder,
Doch des Gewissens Druck beugt jetzt mein Knie
Wie damals Eure Kraft. Nehmt hin mein Leben,
Das ich so oft verwirkt; doch erst den Ring
Und hier das Armband der getreusten Fürstin,
Die jemals Liebe schwur.

Posthumus
Kniet nicht vor mir!
Die Macht, die über Euch ich hab, ist Schonung,
Und meine Rache, Euch verzeihen. Lebt,
Seid besser gegen andre!

Cymbeline
Edler Spruch!
Es soll Uns Großmut Unser Eidam lehren:
Verzeihung allen!

Arviragus
Herr, Ihr halfet uns,
Als wenn Ihr meintet. Ihr wärt unser Bruder;
Wir freun uns, daß Ihrs seid.

Posthumus
Eur Diener, Prinzen. – Edler Herr von Rom,
Ruft Euern Zeichendeuter. Als ich schlief,
Schien mirs, daß Jupiter auf seinem Adler
Sich mir genaht mit andern Geistgestalten
Von meinem Haus; als ich erwachte, fand ich
Dies Täfelchen auf meiner Brust. Die Schrift
Ist dunkeln Sinnes, so daß ich sie nicht
Ausdeuten kann; laßt seine Kunst ihn zeigen.

Lucius
Philarmonus!

Wahrsager
Hier, Herr.

Lucius

Lies und erkläre!

Wahrsager *liest.*

Wenn eines Löwen Junges, sich selbst unbekannt, ohne Suchen findet und umarmt wird von einem Stück zarter Luft; und wenn von einer stattlichen Zeder Äste abgehauen sind, die, nachdem sie manches Jahr tot gelegen haben, sich wieder neu beleben, mit dem alten Stamm vereinen, und frisch emporwachsen: dann wird Posthumus' Leiden geendigt, Britannien beglückt und in Frieden und Fülle blühend.
Du, Leonatus, bist des Löwen Junges;
So wird dein Name treu und recht erklärt,
Da Leo-natus ganz dasselbe deutet.
Zu Cymbeline.
Das Stück der zarten Luft, dein edles Kind,
Wir nennens mollis aer; mollis aer
Bedeutet mulier: mulier nun, erklär ich,
Ist dies dein standhaftes Weib, der eben du
Buchstäblich nach den Worten des Orakels,
Erkannt nicht noch gesucht, umschlossen wardst
Von so höchst zarter Luft.

Cymbeline

Das klingt wohl glaublich.

Wahrsager

Die Zeder, königlicher Cymbeline,
Bist du, und deinn abgehaunen Zweige
Sind deine Söhne, die Bellarius stahl:
Seit lange tot geglaubt, nun neu belebt,
Vereint der mächtigen Zeder, deren Zweige
Britannien Fried und Überfluß verheißen.

Cymbeline

Wohl!
Beginnen Wir mit Frieden. – Cajus Lucius:
Zwar Sieger, unterwerfen Wir Uns Cäsarn
Sowie dem römischen Reiche und versprechen,
Tribut zu zahlen, wie bisher, wovon

Die böse Königin Uns abgeraten.
Die Rache der gerechten Götter fiel
Auf sie und ihren Sohn mit schwerer Hand.

Wahrsager
Der Götter Finger stimmen nun die Saiten
Zur Harmonie des Friedens. Das Gesicht,
Das ich dem Lucius offenbart, eh noch
Die kaum erkühlte Schlacht begann, erfüllt
Sich diesen Augenblick. Der römische Adler,
Der, hohen Flugs, von Süd nach Westen schwebte,
Ward kleiner stets, bis er im Sonnenstrahl
Verschwand – dies zeigt, daß unser Fürstenadler,
Der große Cäsar, sich in Liebe wieder
Mit Cymbeline, dem strahlenden, vereint,
Der hier im Westen glänzt.

Cymbeline
Preis sei den Göttern!
Es wirble Rauch empor zu ihrem Sitz
Aus heiligen Tempeln! Ruft den Frieden aus
All Unsern Untertanen! Ziehn wir heim.
Ein römisch und ein britisch Banner wehe
Freundlich vereint; so gehn wir durch Luds Stadt;
Und in dem Tempel Jupiters beschwören
Den Frieden wir, besiegeln ihn mit Festen.
Brecht auf! – Nie hatt ein Krieg, eh noch die Hände
Vom Blut sich wuschen, solch ein schönes Ende.

Alle gehn [mit Musik und in einem feierlichen Marsche] ab.